送人玫瑰，手留余香：

爱心阅读，从心开始

……

语 文 新 课 程 标 准 必 读

上海增爱基金会推荐

青少版

苦儿流浪记

[法国]埃克多・马洛/著

纪连海老师推荐

北方妇女儿童出版社

图书在版编目（CIP）数据

苦儿流浪记 /（法）马洛（Malot，H.）著；赵春香主编.—2 版.—长春：北方妇女儿童出版社，2012.10
(语文新课程标准必读)
ISBN 978-7-5385-3454-2

I. ①苦… II. ①马…②赵… III. ①儿童文学—长篇小说—法国—近代—缩写 IV. ①I565.84

中国版本图书馆 CIP 数据核字（2012）第 234719 号

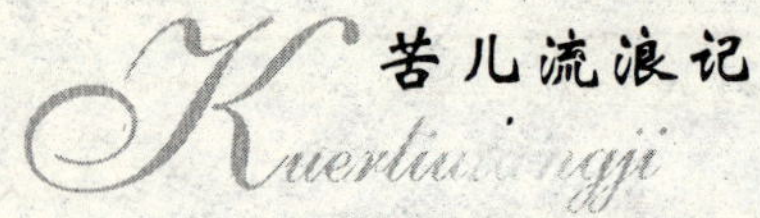

苦儿流浪记

主　　编：赵春香
出版发行：北方妇女儿童出版社　　http://www.bfes.cn
地　　址：长春市人民大街 4646 号
邮　　编：130021
电　　话：0431-85640624　　010-63109421
出 品 人：李文学
策　　划：刘　刚　　张耀天
责任编辑：张耀天　　张　力　　zzzyttt@126.com
装帧设计：吴　萍　　责任印制：王永梅
承　　印：北京市业和印务有限公司
地　　址：北京市朝阳区金盏乡马各庄村
开　　本：720mm×1000mm　1/16
印　　张：9.5
字　　数：100 千字
版　　次：2013 年 1 月第 2 版
印　　次：2013 年 1 月第 2 次印刷
书　　号：ISBN 978-7-5385-3454-2
定　　价：19.00 元

推荐序

书一直是人类的朋友，这位朋友与我们每个人的交情都不大一样。也许是泛泛之交，或者是惺惺相惜的难求知音。这其中的原因就太多了，正所谓书海无涯，浩瀚的书海实在是难以企及；时至今日，个人的原因也不外乎“书非借不能读”之类的。

如今，应邀为北方妇女儿童出版社的《语文新课程标准必读》系列丛书做一个书目推荐总序，让我想起自己与书一起走过的日子。我曾在一篇文章中提及我的成长史。我的整个童年时代经历过完完整整的十年“文革”，那个时候根本无暇顾及学习，更不用说那些外国的文学作品。随后就是恶补，其内容却是最为简单、最为普通的基本的文化知识。上了大学，才真正意识到知识海洋的宽广、博大、精深，于是乎自己如饥似渴地学习。什么书都读，什么书都看，什么书都买，买不起的就抄！由于时间的紧迫性，对于我所读的、所看的、所买的、所抄的所有的书都来不及进行深入地思考，落得个“博闻强记属第一”的称号，却没有从这些书中感悟出什么。这固然遗憾，却也总算把该读的基本上都读了。专攻总要有个博采的过程。

世易时移，现在的中学生们有良好的学习环境，他们标新立异，是时代的弄潮儿，反感与晦涩陈旧扯上关系，这无可厚非。我以一名历史教学者的严谨认真和一颗年轻的心，推荐了若干书目。没人能否认时间的力量，对于这些精神硕果，只有四个字，历久弥新。这些书目都是他们感兴趣，阅之怡情的中外名著。

乐于读书的人都是用心阅读着，我是一个充满激情、可以感同身受的人。每每回想这些作品中的主人公的各种遭遇都不胜唏嘘，他们是我多年前的老友。

“洛阳纸贵”是说书好，如果书又好又不贵，那真是一件两全其美的事。有幸，这套书可以成人之美。

人类创造着历史长河又被其悄然淹没。文学这片记载着人类成长的沃土，值得我们驻足；名著这些参天大树，更值得我们为之倾倒……

纪连海

2008年5月于北京

前言

《苦儿流浪记》是19世纪法国的著名小说，是埃克多·马洛为他的小女儿露西所写。

小说的主人公雷米是身世不明的弃儿，被法国一家农户收养。雷米生性善良天真，在养母的呵护下过着虽然贫穷但宁静的生活。有一天，凶恶的养父突然回到了家乡，并把他卖给了品德高尚但身份神秘的流浪艺人。于是，雷米一路与动物为伍，靠卖艺杂耍谋生。新主人蒙冤入狱后，雷米邂逅了一位好心的贵妇人，过上了一段豪华的游艇生活。流浪艺人为培养他成为真正的人，把他领走，他们又开始继续流浪。在一个风雪之夜，杂耍班的动物除了小狗卡比之外，全部惨遭狼食。无奈之下，主人只得带着雷米来到巴黎，但主人却不幸在路上冻死了。雷米侥幸被一家花农收养。后来，花农因一次天灾，花房全部损坏，还不起债，被送进监狱。花农的孩子们被送到了他们的叔叔、姑姑家里，雷米只得带着卡比重新开始卖艺。在卖艺的途中，雷米遇到了曾经在巴黎认识的一个意大利小孩——马西亚，于是，他们俩一起沿途卖艺。当雷米得知自己的身世后，寻亲情急，误入有黑社会嫌疑的假生父之手。最终，他在马西亚的帮助下终于找到了自己的生母，原来她就是那位贵妇人。最后，雷米和花农的女儿结了婚，过上了幸福的生活。

《苦儿流浪记》的作者埃克多·马洛（1830~1907），是以发展并提高了当时的情节剧小说而载入法国近代文学史的作家之一。该小说写成于1878年，这是法国资产阶级建立第三共和国后的第三年，也是羽翼已丰的资产阶级准备实现工业化的前夕。马洛手中的镜子，对准的正是这个苦难世界中最具特征意义的图景，即：农村破产、工人们恶劣的劳动条件、童工数量的剧增和在法律允许下的对童工的剥削。这使我们在书中清楚地看到了资本主义工业化的灾难性开端。

《苦儿流浪记》问世后，曾被译成英、德、俄、日等多种文字，而且直到一百多年后的今天，它还在法国被重印出版，并多次被搬上银幕。在19世纪的法国文学遗产中，作为提高了的情节剧小说，《苦儿流浪记》具有重要的代表性。

编 者

2008年5月

目录

不幸的消息 …… 1

身世之谜 …… 3

命　运 …… 7

别　家 …… 10

卡　比 …… 13

首次登台 …… 15

学　习 …… 18

师　傅 …… 20

奇　遇 …… 23

崭新的生活 …… 28

重逢与分离 …… 31

雪夜遇狼 …… 35

心　声 …… 41

险入魔窟 …… 45

走投无路 …… 54

痛失亲者 …… 58

在花农家的日子 …… 64

重新上路 …… 68

快乐的旅程 …… 78

旧友重逢 …… 86

有惊无险 …… 89

惊　喜 …… 94

亲情与友情 …… 101

意想不到的情况 …………………… 105
柳暗花明 ………………………… 110
归 家 …………………………… 115
谜 团 …………………………… 119
阴 谋 …………………………… 122
好事多磨 ………………………… 128
结 局 …………………………… 138

不幸的消息

在法国中部，有一个叫夏凡侬的山村。村中有一个叫雷米的男孩。他的爸爸在巴黎打工，很长时间没有回过家。他和母亲相依为命，日子过得很清苦；不过，他们十分快活。

这天，雷米在家门口帮妈妈劈柴时，一个素不相识的男人从外面走了进来。

“这是巴伯兰大嫂的家吗？我从巴黎给您带消息来了。”

妈妈急忙走了过来：“我的主啊！不会是巴伯兰遭了什么灾吧？”

“哎，您丈夫确实不幸受了伤，正住在医院里。不过，您千万别着急，他只是残疾了，并没有生命危险，再过两三个月，他就可以回来了。”

“为什么要等这么长时间呀？”妈妈不解地瞪着眼睛问。

“因为伤好之后，还得打官司！”

“打官司？什么官司呀？”

“巴伯兰是在做工时受的伤，公司应该付给他一笔赔偿费，但是老板不想给，所以巴伯兰要到法院去控告老板。”

“打官司要花很多钱吗？”

“是的，不过，要是官司打赢了，巴伯兰的下半辈子就不用再为生活发愁了！太太，巴伯兰要我转告您，请忍耐一下，先尽量寄些钱给他。”陌生人说完就走了。

雷米家原本生活就困难，哪有什么钱呢？可是为了爸爸，妈妈还是东拼西凑弄到一些钱，寄到了巴黎。

几天后，爸爸来信说钱不够用。妈妈无奈之中想卖掉家里唯一值钱的奶牛。

不久，牛贩子来了，他仔细打量着奶牛，显出不满意的样子：“这牛实在太瘦了，我买回去一定会赔本的；不过，你这位太太还挺和气的，我就帮这个忙，买下来吧！”

牛贩子付钱后要牵走奶牛，但那奶牛好像明白是怎么回事，“哞哞”地叫着不肯走出牛棚。

妈妈轻轻地走到奶牛旁，说：“卢雷，不是我们要卖掉你，我们实在是没法子呀！求求你跟这位大人去吧！”

奶牛好像听懂了她的话，步履沉重地跟着牛贩子走了。

妈妈和雷米站在门口，用悲伤的眼光送它离去，直到它走远，再也看不见了，他们还站在那里。

身世之谜

一天中午，雷米从外面回到家，忽然看见妈妈正在往陶瓷盆里倒面粉。

“呀，面粉？”雷米走了过去。他还看到妈妈身旁放着一个篮子。

雷米好奇地打开篮子，不由得大吃一惊，因为篮子里有牛奶，有鸡蛋、奶油，还有三个苹果。

“妈妈，你是要做……”

“今天是狂欢节，妈妈特地向邻居借了些面粉和奶油，给你做煎饼吃。快把牛奶拿出来，再往碗里打个鸡蛋。”

妈妈和雷米开始忙起来了。妈妈把牛奶和打散的鸡蛋倒在面粉里和好，然后把奶油倒进锅里。

奶油在锅中融化，并不断发出诱人的声响。一眨眼的工夫，满屋都飘满了香味。

这时，屋外突然传来了脚步声。

妈妈以为是邻居来借火的，便头也没回地问：“谁呀？”

没有人回应。只听“咚”的一声，一个男人闯了进来。

雷米借着火光，看见他手里拿着一根粗木棍。

“正在过节呀！还挺知道享受的啊！”

“啊，我的主啊！”巴伯兰妈妈听到这粗暴的声音，转过头一看，不由得大叫起来，“是你呀，巴伯兰！”

她一把抓住雷米的胳膊，把雷米推到那个男人面前，说："这是爸爸，快叫爸爸！"

"爸爸？这是我的爸爸？"雷米迟疑地走过去，想要亲一亲他，可是他却用木棍一挡，粗暴地说：

"这是谁？我不是对你讲过……"他转过脸，对着巴伯兰妈妈说，"你为什么没有照我的话去做？"

"可是……"

"可是什么？对我们来说他是个负担！"

他凶狠地举着木棍走近雷米，雷米被吓得直往后退。

他上上下下打量了雷米一会儿，又转过身，对巴伯兰妈妈说："你们不是在过狂欢节吗！我的肚子可是饿得直叫啦，晚饭吃什么？"

"煎了些薄饼。"

"我看见了。不过，我步行了十几里路，你总不能只让我吃薄饼吧？"

"可现在家里没有别的什么啊！再说，我们也没有想到你会回来。"

"怎么没有东西？"他向四周看看，"有黄油，还有洋葱。用洋葱加黄油烧碗汤，把薄饼端上来！"

巴伯兰妈妈默默地按照丈夫的要求去做。

雷米躲在屋角，惊恐不安地看着桌边狼吞虎咽的这个男人，他想：这么一个冷酷无情的人，会是我的爸爸？

当爸爸的眼光扫向他时，雷米赶紧垂下眼睛。

"小家伙，你不饿吧？"爸爸问他。

"不饿……"雷米说。

"那就去睡嘛！要不，小心我揍你！"

雷米逃跑似的跑回自己的房间，急忙盖上被子。可他怎么也睡不着。一想到这么粗暴的人竟然是他的父亲，他不禁鼻子一酸，眼泪流了出来。

忽然，雷米听到一阵沉重的脚步声，正向他这边走来。

"他睡了没有？"

"睡了，这孩子一躺下就睡着；你只管说好了，他不会听见的。先说说你的官司打得怎么样了。"

“输了！法官判我不该站在脚手架下面，所以包工头分文也没给我。

“钱白扔了，人也残了，我们成了穷光蛋。哎，好像这还不够糟，回到家，又看见这个小累赘。你说，为什么不照我说的，把他送到孤儿院去？”

“我不忍心。”

“他又不是你的孩子。”

“可是我一把屎一把尿地把他养这么大，怎么能忍心将他送走？”

“呀，感情还挺深啊！”

“你想想，要是将来有一天，他的亲生父母要来接他，那怎么办？”

“你可以叫他们到孤儿院去找嘛。我真是做了一件大蠢事，当初以为他父母有一天会拿钱来将他接回去的，我们抚养了他，他们会报答我们。当初我就不该把他捡回来。”

“你到巴黎去了这一趟，回来怎么整个人都变了！”

“本来就穷困潦倒，现在又残废了，你还想让我怎么样呢？告诉你，我没能力抚养这个累赘！明天我就到村公所办理手续，把他送到孤儿院去。现在我就去跟弗朗索瓦打个招呼，一个钟头以后回来。”

他把门打开了，然后又回手关上，脚步声渐渐消失了。雷米忍不住跳起身来，叫道：

“妈妈！妈妈！”

妈妈急忙跑到雷米的床前：

“哦，雷米，你还没睡呀？”

雷米没有回答，却“哇”的一声哭了起来。

“啊，我们说的话你都听到了？”

“是的，你不是我的妈妈，他也不是我的爸爸。”

“啊，雷米，原谅我一直瞒着你。”妈妈紧紧地抱着雷米，温柔地说，“那是八年前在巴黎的一个早晨，你爸爸正要上班时，忽然听到路边有婴儿的哭声。他走上前一看，原来是一个弃儿，也就是你。你爸爸把你抱起来的时候，发现不远的树旁躲着一个男子，一看到他就慌慌张张地跑了。”

“那个跑掉的人是我的亲爸爸吗？他为什么要丢掉我？”

“我也不知道，巴伯兰看到你身上穿的是镶着花边的上等绸衣，就断定你是上等人家的孩子，他们一定是有什么隐情，才会把你丢掉的。我们本想暂时收留你，期望有一天你的亲生父母会把你接回去，你爸爸甚至梦想会从他们那里得到一笔酬金，所以，才把你留下来。可这么多年过去了，你的亲生父母并没有来接你，巴伯兰等得不耐烦了，就要我把你送到孤儿院去。”

“我不想去孤儿院！”雷米抓住妈妈的衣服哭道，“妈妈，求求你，别送我去孤儿院。”

“不会，我的孩子，妈妈不会让你去孤儿院的。你爸爸不是个坏人，他是因为贫穷才变成这样的。往后，我们干活你也干活就行了。”

“行，只要不去孤儿院，让我干什么都行。”

“那你赶快去睡吧，你爸爸看见你没睡，会不高兴的。”

妈妈说完，亲了亲雷米，给他盖好被子，让他脸朝墙壁睡下了。

雷米不是不想睡，可心里一直七上八下的，怎么也平静不下来，忧伤和恐惧几乎折磨了他一整夜。

命　运

第二天早上，雷米醒来时，他首先想到的是摸摸自己的床铺，看看自己是不是还在家中。

整整一上午，巴伯兰没有说过一句话。雷米以为妈妈已经说服他了，可是到了下午，他却开口了："戴上帽子跟我走吧。"

雷米默默地跟着巴伯兰出门了。

巴伯兰闷声不响，一瘸一拐地在前面走着。雷米故意落在后面，准备找机会逃跑。巴伯兰好像猜透了他的心思，便回身抓住雷米的手，拖着他走。

他们足足走了一个钟头后，来到一家咖啡馆。巴伯兰开始和老板谈起话来。

巴伯兰说他到村子里来是为了带雷米去见村长，好让村长向孤儿院申请一份抚养津贴。

这时，一个老头突然伸出右手指着雷米问巴伯兰：

"这个孩子是您的累赘?"

"是的。"

"您要是领不到抚养费呢?"

"那就送他去孤儿院。"

"您是不是不想让这孩子继续长时间吃您家的闲饭？或者，还要继续吃下去的话，您想让别人付给您几个钱?"

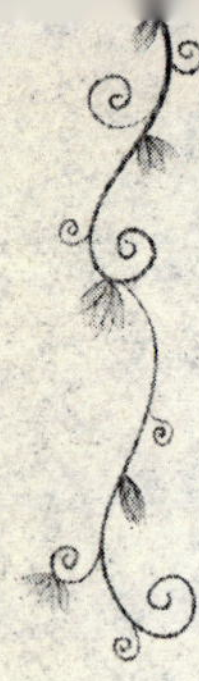

“当然，因为……”

“那么，您把这孩子给我吧，我来抚养他。”

“给您?”

“您不是想摆脱吗?”

“好吧。雷米，过来!”

雷米战战兢兢地走近桌子。

“别怕，小家伙。”老头说，他转过身对巴伯兰说：“不管怎样，我要他了。不过我不是买他，我是向您租，每年给您二十法郎。”

“二十法郎？应该四十法郎!”

“不行。这孩子将来帮不了我多大忙。”

“您想让他为您做什么呢?”

“给我做个伴吧！我老了，有时一到晚上，心情就不好，他可以帮我解解闷。”

“这点事他还是能行的。”

“不见得很行，因为他还要在维泰利斯先生的杂耍班里充当一个角色。”

“那个杂耍班在什么地方?”

“就在这，我就是维泰利斯先生。”

说完，他掀起羊皮袄，取出一只奇怪的动物放在手里。

“哎哟，一只丑猴子!”巴伯兰大叫一声。

“这是心里美先生，是我戏班里的第一名角。”维泰利斯说，“心里美，我的朋友，快向各位行个礼。”

心里美把一只爪子放在嘴唇上，向大家送来了一个飞吻。

“现在，”维泰利斯用手指着戴警帽的白鬈毛狗又说，“卡比先生将非常荣幸地将它的朋友们介绍给在座的贵客们。”

维泰利斯说：“卡比是一只领头狗，因为它最聪明，所以由它来传达我的命令；这位黑毛的、风雅的年轻人叫泽比诺先生，是位风流才子；这位体态端庄的小家伙，是位小姐，一位迷人的英国姑娘。我就是因为和这些各有尊称的名流在一起，才走遍世界。”

雷米惊愕地睁大了眼睛。

“卡比，劳驾您告诉这个小男孩，现在几点钟了。”

卡比忙走到主人身边，掏出一块大怀表。它看了看表盘，叫了两声，清晰而有力，接着又细声细气地叫了三下。

时间正好是两点三刻！

“哈，训练得真是不错！”

在门旁看热闹的一些人，使劲地鼓掌叫好。

维泰利斯得意地说：“我的徒弟一个比一个聪明，但是，聪明只有比较才能够显示其全部价值，所以我想让这个男孩在我的戏班里当主角。”

正看得出神的雷米忽然明白过来了，他马上哭着说：“先生，请别带我走，我不想离开妈妈！”

“哦，这孩子大概在这里待烦了，”维泰利斯说，“让他到院子里去散散心吧。”

说着，他给巴伯兰使了个眼色。

雷米在院子里待了大约一个小时后，巴伯兰终于走进了院子，“走！”他对雷米喊道，“回家去。”

“回家！我可以不离开妈妈了？”雷米高兴地跟在巴伯兰后面，一路上他不止一次地想问问巴伯兰，但是，他终于没敢出声。

快走到家时，巴伯兰突然停住脚步，拧着雷米的耳朵大声说：“你要是把今天的事说出去一个字，我就要你的命！”

别　家

他们一回到家，巴伯兰妈妈就问："村长都说什么了？"

"没有见到他。我在咖啡馆里碰到几个朋友，出来的时间已经很晚了。明天再去一趟吧。"

第二天雷米起床后，妈妈已经出去了，只有巴伯兰一个人在家。

"妈妈呢？"

"喊什么？"

"我找妈妈！"

"她到村子里去了，中午回来！"巴伯兰不耐烦地说。

雷米没有再说什么，他心中升起一种不祥的预感。

雷米躲开巴伯兰，一个人来到屋后的园子里。

"喂，雷米，进来！"雷米听到巴伯兰在叫他。

雷米走进屋子一看，顿时呆住了。站在炉前的正是昨天在咖啡馆里见到的那位维泰利斯！雷米知道不可能从巴伯兰那里得到救援和怜悯，便向维泰利斯奔去。

"先生，求求您，别把我带走。"说完，他放声大哭起来。

"得了，我的孩子，"维泰利斯拉过雷米，和蔼地说，"你跟着我，不会不幸的。第一，我从不打孩子；第二，我这几个十分有趣的徒弟会和你做伴，你还有什么舍不得的呢？"

"妈妈！"

“你无论如何也不能再赖在家里了。”巴伯兰狠狠地揪着雷米的耳朵说，“跟这位先生走，或者去孤儿院，二者任你挑选！”

“不！我只要跟着妈妈！”

“啊，你让我烦透了。”巴伯兰大发雷霆，“你想要我用棍子把你撵走吗？”

“孩子想他的妈妈，”维泰利斯说，“你不应该这么对待他，他有良心，这是棵好苗子。”

“你越向着他，他叫喊得越厉害。”

“现在谈生意吧！”

维泰利斯一边说，一边把八个五法郎面值的钱币往桌子上一摆。巴伯兰一下子全划拉到了口袋里。

“包裹在哪儿?”维泰利斯问。

“在这儿。”巴伯兰指了指蓝色毛巾包回答道。

维泰利斯提起自己的包，走到雷米面前：“我的小乖乖，拿上你的小包，跟我一起走吧！”

维泰利斯捏着雷米的手腕，把他带到了屋外。

“妈妈！妈妈！”雷米声嘶力竭地叫着，眼泪模糊了他的双眼。

“一路平安！”巴伯兰喊完，“砰”的一声关上了大门。

“唉，一切都完了！”雷米一面哭，一面任由维泰利斯牵着手走。维泰利斯懂得雷米的心情，脚步放得很慢，但他一刻也没有放开雷米的手。

“让我歇一歇好吗?”雷米央求着。

“行，孩子。”他第一次松开手放了雷米。

雷米走到长满青草的山顶护墙边坐下，泪眼模糊地看着巴伯兰妈妈的家。突然，在从村子到家里的那段路上，雷米远远望见有一顶白色女帽在树林中若隐若现。

“啊，妈妈！是妈妈！”

雷米看见妈妈匆忙地走进屋里，又慌张地跑出来，在院子里来回跑动。

雷米知道妈妈是在找他，便俯下身，朝着家的方向用尽全身力气大

声呼喊：

“妈妈！妈妈！”

“你怎么啦?”维泰利斯问，“疯了吗?”

雷米没有应声，只顾目不转睛地遥望着巴伯兰妈妈。然而，妈妈没有回头，她不知道她心爱的孩子就在不远处！

雷米又一次呼喊。

维泰利斯也发现了那顶白色帽子。

“可怜的小家伙！”他不由低声叹息一下。

“啊，求求您！让我回家吧！”

维泰利斯不做声地抓住雷米的胳膊，“歇也歇过了，该上路了，孩子！”

卡　比

“唉，雷米，”维泰利斯和气地说，“你想哭，就痛痛快快地哭吧！我不会怪你的。不过，你应当明白，我带你出来并不是坏事，他们毕竟不是你的亲生父母。你妈妈虽然待你好，但她不可能违背她丈夫的意愿把你留下来，你还不是得去孤儿院？我的孩子，你要懂得：生活就是一场搏斗，没有人能在这场搏斗中什么都称心如愿。”

他们在这种忧伤的气氛中缓步而行，走完荒野，又踏上荒地。不知过了多久，雷米已经筋疲力尽了，他拖着两条腿，十分吃力地走着，维泰利斯发觉了，就说：

“你这样子是无法走到于塞尔的，前面有个村子，我们还是找个地方住一宿吧！”

他们来到一户农家，一个农民出于同情收留了他们，答应把院子里的谷仓借给他们住一个晚上，但是不准点火。

有了避雨的地方，维泰利斯马上取下身上的干粮让雷米吃。雷米胡乱吃了几口，便钻进一堆枯草里，冷得直打哆嗦。虽然早已夜深人静，但雷米却没有一点睡意。

突然，一股热气扑向他的脸。雷米伸手一摸，原来是毛茸茸的卡比。卡比亲热地舔他的手，它那温暖的呼吸吹拂着雷米的脸颊和头发。

雷米被它的亲热感动了，便半坐半卧，紧紧地依偎着卡比。他亲它

冰凉的鼻子，忘却了疲劳和悲哀，哽住的喉咙松开了。他感到他并不是孤身一人，他还有一个朋友为伴！

首次登台

第二天早晨，他们来到了于塞尔。维泰利斯走进一家旧衣店，给雷米买了皮鞋、蓝色丝绒上衣、毛料裤子和一顶毡帽，雷米高兴得恨不得马上穿戴起来。

他们来到一家旅店，维泰利斯把他的长裤齐膝剪了一刀，雷米不由得惊叫起来："为什么要把裤管剪破呢?"

"为了让你与众不同。"维泰利斯说，"我们现在是在法国，我要你做意大利式打扮，如果我们到意大利去——这种可能性是存在的，我就要你着法国装束。"维泰利斯又用红细绳子在他的小腿上交叉绑了几道，把他的长裤袜扎牢，在他的毡帽上扎了几根绸带，又用毛线做成的一束花作点缀。

雷米照了照镜子，觉得还不错。尤其使他高兴的是，卡比在他身边兜来兜去，像是很欣赏似的。

"现在打扮完毕，"维泰利斯说，"咱们开始工作吧！明天是赶集的日子，我们要举行盛大的演出，你将首次表演。"

"可我从来没有演过戏。"

"没关系，我可以教你，以后你就叫我师傅吧！"

"我们明天要演的剧名叫《心里美先生的仆人》。"维泰利斯说，"戏的剧情是这样的：心里美先生身边一直有一位满意的仆人卡比，可是卡比老了，心里美想重新雇一个，卡比负责寻找。接替卡比的不是一只狗，

而是一个乡下小孩，他叫雷米。”

“他和我同名吗?”

“不，他就是你本人，你从乡下来，侍候心里美。”

“猴子是没有仆人的。”

“在滑稽戏里，猴子是有仆人的。你来了，心里美发现你傻里傻气的。于是，主人吩咐你摆桌子：‘去吧！把餐具摆好。’”

桌子上有几只盘子，一只酒杯，一副刀叉和一块白餐巾。雷米弯下腰看着桌子，伸出两只胳膊，张着嘴，不知道该从哪里做起。维泰利斯拍着手哈哈大笑。

“妙！妙！妙极了！你演戏的表情真好。”

“我不知道该怎样做。”

“这恰恰是你与众不同的地方。你要记住，现在遇到的这种尴尬的窘境，并不是在做戏，这样，你就会成功的。”

这天晚上，雷米翻来覆去睡不着，他担心自己在观众面前演砸了，被观众喝倒彩。

天亮了。

雷米他们列队开进了城里的广场。维泰利斯走在前面，他用两只胳膊和脚打着拍子，用金属短笛吹起华尔兹舞曲。卡比在维泰利斯后面，背上驮着悠然自得的心里美，后者完全是一副英国将军的打扮，穿着一身镶有金边的红上衣和红裤子，头戴双角羽毛帽。

泽比诺和道勒斯在中间，雷米在最后压阵。

优美的笛声唤醒了于塞尔市民的好奇心，当他们抵达广场时，四周的观众已将他们围了个水泄不通。

维泰利斯很快圈出了一个舞台，雷米他们站在舞台的中央。

第一个节目是狗的各种表演。维泰利斯拿起提琴，为狗的表演伴奏，他时而演奏欢快的舞曲，时而奏起轻松的音乐。人们拥在绳子周围，不时爆发出热烈的掌声。

这个节目刚一演完，卡比就用牙齿叼着一只小木碗，在观众中穿来穿去，接受观众的赏钱。如果遇到不肯赏钱的人，卡比就把木碗放在地上，用后腿站起来，一面用前爪指着那人的口袋，一面“汪汪”地叫上两声，并在它想打开的口袋上轻轻拍几下。这下可把观众乐坏了！

一会儿，卡比就叼着装满铜板的木碗，得意扬扬地回到维泰利斯跟前。

现在，轮到雷米和心里美上场了。

“女士们，先生们！”维泰利斯一手拿弓，一手操琴，连说带比划，“下面请诸位观赏一出迷人的喜剧，剧名叫《心里美先生的仆人》，请大家睁开眼睛，竖起耳朵，准备鼓掌！

“心里美先生原来有一个狗奴仆卡比，又想找一个‘人’来侍候自己，于是命令卡比去寻找，现在，心里美将军正在等候那个仆人。”

当他正说着的时候，穿着陆军上将军服的心里美抽着雪茄，悠然地走到舞台上。当它跺第三次脚时，雷米跟着卡比出场了。

他按照昨天师傅教他的那样，呆呆地站在心里美将军的面前，大大地张着嘴巴。

将军见了他，遗憾地伸着两只胳膊，在他的周围转来转去，轻蔑地耸耸肩膀，好像察觉到他是个傻瓜似的。

在长时间地审视雷米之后，将军出于怜悯，吩咐给它准备午饭。

雷米在一张小桌前坐下，餐具已经摆好，餐巾放在餐盘里。卡比示意他使用餐巾，雷米琢磨了好久，最后却用餐巾擤了擤鼻涕。

将军见此情景不由大笑不已，卡比望着雷米的无知举止，也乐得仰天摔了一跤。

雷米这才发觉自己做错了，便再次察看餐巾。忽然，他灵机一动，将餐巾卷起来，做成一条领带。

将军又大声笑了，卡比又摔了一跤。

表演继续进行。将军发怒了，它抢走雷米的椅子，坐到雷米的位置上，把午餐吃了个精光，最后，它拿出牙签，利索地剔起牙来。

雷鸣般的掌声从四面八方热烈响起，演出十分成功。

学　习

次日，维泰利斯带着杂耍班，离开于塞尔，继续旅程。

雷米现在比以前开朗多了，他边走边问：

“我们去什么地方啊？”

“先去奥里亚克，然后再去波尔多，最后从波尔多去比利牛斯山。”

“您很熟悉这些地方吗？”

“不，我也从来没有去过。”

“那您怎么知道得这么清楚？”

“我看过很多书，这些知识都是从书本上得来的。”

“噢！我要是能看书该多好！可是我从来没上过学，读书一定很不容易。”

“是不容易，不过，只要你肯努力，一定能够学好的；只有缺乏意志的人才认为学习是困难的。”

“只要您肯教我，我是有毅力的。”

“那好，我可以教你念书。”

他们继续赶路。维泰利斯看见路旁有一块满是尘土的小木板，便捡起来，拍了拍，说：

“雷米，这就是你要念的书本。”

雷米愣住了：

“师傅，您不是在讥笑我吧？”

“不，孩子，讥笑对于改变坏脾气是有用的；可是，讥笑一个由于没有知识而什么都不理解的人，那只能说明讥笑者自己愚蠢。前边有片树林，我们去休息一会儿，你会看到我是怎么用这块木板教你念书的。”

他们很快走进了树林子，坐在绿色的草地上；维泰利斯从上衣口袋中取出一把刀子，将薄木板削成十二个一般大小的小方块。

“听着，雷米，我将在小方块上刻上字母，教你认；等你一字不差地学会了字母，再教你拼音和单词；当你能用单词组成句子的时候，你就能念书了。”

从此，雷米的口袋里总是塞满了小木块。当雷米怕困难不想学时，维泰利斯便提醒他：“在戏里，你演得比动物还笨才好；在现实生活中，这就太丢人了。”

这话大大刺激了雷米的自尊心，从那以后他一门心思地学习，很快便会念书了。

维泰利斯问雷米：“你学会了念书，还想学识谱吗？”

“学会了识谱，也能像您一样唱歌吗？”

“你喜欢听我唱歌？”

“太喜欢了！”

说话的时候，雷米看见师傅的眼睛似乎溢满了泪水。

“师傅，我的话使您伤心了吗？”

“不，我的孩子，”他激动地说，“你不会伤我的心，恰恰相反，你引起了我对青年时代那段美好时光的回忆。放心吧，你有一颗善良的心，我一定教会你唱歌……”

从那天起，维泰利斯像制作课本一样，为雷米做好了乐谱。

在以后的日子里，雷米跟着师傅从一个乡镇走到另一个乡镇，从这个城市去往那个城市。

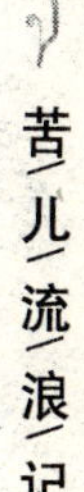

师傅

他们的行程没有特定目的地，一直漫无目标地走着。

冬天到了，维泰利斯带着雷米到了著名的避寒胜地——波城。这里是有钱人聚集的地方，所以他们每天的收入都很不错。雷米在这里度过了一个愉快的冬天。

春天，风和日暖，他们的观众变得稀少起来。维泰利斯带着雷米离开这儿，又开始了长途跋涉。不久，他们抵达加伦河沿岸一个叫图卢兹的大城市。

和往常一样，他们第二天就出去寻找演出场地了。他们找了好几个地方，终于在靠近植物园的林荫道边安顿下来。首场演出后，观众如潮水般涌来。可是，在这条马路上值勤的警察不喜欢狗，硬要他们离开。

维泰利斯虽然是个穷困的耍狗老人，但他有一颗自豪的心。他认为只要自己不触犯法律或警察的规章，就应当受到保护，因此，他拒绝服从警察的命令。

警察很没面子，他又命令维泰利斯给狗套上嘴套，维泰利斯倔强地不肯服从。警察恼羞成怒，正准备离开，发现猴子正叉着腰站在那里，完全是一副斗牛士的样子。警察和畜生四目对视了好几秒钟，似乎要比一比谁先垂下眼皮。

观众爆发出难以抑制的笑声。

“明天还不把狗嘴套起来，”警察举起拳头，狂叫着，“我就控告你们，我说的是控告！”

警察迈着大步走远了，维泰利斯恭恭敬敬地弯着腰，然后，演出继续进行。

晚上，他们回到旅馆。维泰利斯闭口不谈他和警察之间的纠纷，也不叫雷米去买狗嘴套，雷米只好壮着胆子和他谈起这个问题。

“师傅，我去买口罩给狗戴上吧！”

“这不干你的事！”

见维泰利斯不高兴了，雷米也不敢再说什么。

第二天，雷米来到昨天的演出场地，拉上绳子，观众纷纷围拢过来。雷米便操起竖琴，一边弹唱，一边等着师傅。

正在这时，警察来了。他从人群中挤到绳子旁边，找不到维泰利斯和狗，便双手叉腰，在绳子外面走来走去。

喜欢恶作剧的心里美也学着警察的样子，双手叉腰，在绳子边来回走动，还不时用手捻一捻胡须，神气活现的样子引得观众哄笑不绝，掌声此起彼伏。

警察以为是雷米教唆的，他一跃跨过了绳子，冲到雷米跟前，一个耳光把雷米打倒在地。

“不许打孩子！”不知什么时候，维泰利斯站到了警察和雷米中间。他攥住警察的手腕说，“你的行为真卑鄙！”

警察竭力挣脱，维泰利斯紧攥不放。

两人四目相对，警察气疯了，他猛地挣脱开来，揪住维泰利斯的衣领，用力往前一推，维泰利斯重重地跌在地上。

“你想干什么？”维泰利斯责问道。

“我逮捕你！跟我到警察局去！”

“你凭什么打孩子？”

“少废话！跟我走！”

维泰利斯转身对雷米说：

“你先回旅店去，和狗一起待着，我设法带消息给你。”

警察带走了维泰利斯，观众纷纷散去，雷米怀着一颗忧伤不安的心

回到了旅店。

这天晚上，雷米一直在为师傅担心，整夜都没有睡着。虽然他们相处仅仅一年的时间，但雷米已经和师傅有了深深的感情。师傅像亲生父亲一样疼爱他，教他念书、唱歌、写字和计算；离开了师傅，雷米真不知道以后该怎么生活，靠什么生活。

雷米在焦虑中度过了两天，守着心里美和狗，不敢迈出旅店的大门。

第三天，维泰利斯托人给雷米捎来一封信。

维泰利斯在信中告诉雷米，他被关进监狱，下周六要被押送到轻罪法庭受审。雷米四处打听，有人告诉他轻罪法庭是星期六上午 10 时开庭。刚到 9 点，雷米就等在法庭门口，第一个进入法庭。

维泰利斯被两个宪兵押着走到被告席上。雷米的心情异常紧张，眼睛紧盯着师傅，希望师傅立即无罪获释。

然而，结局让雷米无法接受：维泰利斯因犯有辱骂和殴打警察罪，被判处有期徒刑两个月，罚款一百法郎。

雷米的眼中噙满泪水。维泰利斯看见了他，哀苦的脸上一下子露出一丝笑容，他说："雷米，要有勇气！在旅馆住下去，等着我出狱！"

雷米抽泣着点点头。

维泰利斯被宪兵押走了。雷米的泪水滚滚而落。"离开师傅两个月！我该怎么办呢？"

奇　遇

雷米悲伤地回到旅店时，老板正等在院子门口，他问：

“你师傅呢？”

“被判刑了。”

“你有钱养活你自己和你那几个动物吗？”

“没有，先生。”

“那你必须离开我这里。走吧，孩子！带上你那几只狗，还有猴子。不过，你要把你师傅的包给我留下，等他出狱后来找我，我再跟他结账。”

雷米不想强求老板。他走进旅店的牲口棚，解下狗和猴子身上的链子，系好背包的钮扣，背上竖琴，走出了旅店。

去什么地方呢？师傅在的时候，一切都由他指挥，现在得由自己决定了。

雷米很快有了主意：趁早离开这座无情的城市。

大约走了一个小时，他们来到一个贫穷的小村里。雷米在村中的一个小广场安顿下来，一一为演员们梳妆打扮，然后，操起竖琴弹了一首华尔兹舞曲。泽比诺和道勒斯随着舞曲翩翩起舞。

可是，二十分钟过去了，周围一个观众也没有。偶尔有人经过，也只不过看他们一眼，就立刻走开了。

雷米让狗趴下，自己则用前所未有的热情，一面弹竖琴，一面唱他

最拿手的那首那不勒斯民谣。这时，他发现一个男人朝他走来，雷米唱得更起劲了。

“喂，你在那干什么?”

“先生，我是在唱歌呀!”

“你有在我们镇上演唱的许可证吗?”

“没有，先生。”

“如果你不想让我去告你状的话，你就滚吧！还有，不要叫我先生，叫我乡警先生，离开这里，臭叫花子。”

“乡警?”

因为有了师傅的遭遇，雷米懂得违抗警察要付出代价。不等他重复这道命令，雷米拔腿就走，不到几分钟，便离开了这个不太好客的、人情冷漠的村子。

夜渐渐地深了，很静，没有一丝风。雷米望着黑暗的夜空中闪烁的星星，感到万分的孤独。他的眼里涌满了泪水，突然“哇”的一声哭了：“啊，可怜的巴伯兰妈妈！可怜的维泰利斯！如果明天还是这样，我该怎么办?”

雷米双手捧着脸哭个不停。突然，一阵热气掠过他的头发，雷米转过身，原来是卡比在用那湿润的、热乎乎的大舌头舔他的脸颊，似乎在宽慰雷米：“坚强些！再坚强些!”

雷米张开双臂，紧紧搂着卡比的脖子，亲它的嘴。卡比像透不过气似的，发出两三声呜咽。

雷米不知不觉睡着了。

第二天早上，雷米醒来的时候，太阳已经爬得很高了。他决定到村子里找个面包铺，用剩下的三个苏买点面包吃。可是三个苏的面包他们每人只能分得小小的一片，不到几口就吃光了。不管怎么样，今天一定要想办法挣几个钱维持生活!

有了昨天的教训，雷米决定在开演前先调查一下村子里的情况，选个最理想的场地，到了中午再开演。

可是不幸又发生了，大概1点钟左右，他们正准备走进村子的时候，背后传来一阵叫声："抓小偷！抓小偷！"

雷米回头一看，发现一个老太婆在追赶泽比诺。原来泽比诺乘他不备时蹿进别人家里，偷了一块肉叼在嘴里。

雷米看到这场面，害怕起来：万一泽比诺被捉住，自己就得进警察局，要是被判定付肉钱，那可怎么办？雷米这么想着，便慌张地带着泽比诺，背着心里美，撒腿跑了起来，卡比和道勒斯紧紧跟在后面。

他们才跑了几步，村子里的人听到老太婆的叫声，纷纷拦住了他们的去路。

怎么办？突然，雷米发现前面有一条巷子，便一头钻了进去，那几只狗也飞奔过来。不一会儿，他们已到了野外。

雷米和几只狗一个劲儿地向前狂奔，不觉已到达南运河岸边。这里树木茂盛，到处是赏心悦目的绿洲和溪流。雷米已跑得喘不过气来，只好停住脚步，见没有人追上来，这才松了一口气，沮丧而无力地坐在运河岸边。

这时，雷米才发现，泽比诺不知什么时候已离开队伍不见了。

"喂，卡比，你去把泽比诺找回来吧！"

卡比接到命令，就顺原路往回去找。过了一会儿，卡比独个回来了。雷米一看，它的耳根竟被咬伤了。雷米猜想，一定是泽比诺不愿回来，反抗中，把卡比咬伤的。

雷米不想丢掉泽比诺，他决定留在这里等泽比诺回来。

雷米躺在草地上，饥饿一阵阵地逼上来。卡比和道勒斯满面愁容，悲伤地注视着雷米。心里美不再抚摸肚子，只顾躺在草地上，一个劲儿地做怪相。

为了忘掉饥饿，雷米弹起了竖琴。刚开始演员们都没有跳舞的兴致，显然，一块面包更适合他们的心意；可是，慢慢地，他们便活跃起来，音乐产生了它应有的效果，演员们随着乐曲尽情地跳舞，尽情地欢跳起来。

突然，他们背后传来一个孩子清晰的声音："好！"

雷米举了举帽子，向为他叫好的人表示谢意。

“你是奏着玩的吗?”妇人操着浓重的外国口音问雷米。

“是的，太太。”

“请再跳一遍，让我们欣赏一下，好不好?”

“好的。”

雷米重新拿起竖琴，开始演奏华尔兹舞曲，卡比马上用它的两条前腿搂着道勒斯的腰，它俩踏着拍子旋转起来，接着是心里美的独舞。他们忘掉了劳累，将保留节目一个接一个地表演着。

突然，泽比诺从一片树林中蹿了出来，它装做若无其事的样子加入了跳舞的行列。

“泽比诺，欢迎你回来!”雷米一面弹着，一面说，眼睛不觉湿润了。

躺在睡椅上的小男孩对他们的演出表现出极大的兴趣，可不知怎的，他却一动也不动，只是在为他们鼓掌时才动动手，样子像是被绑在那块木板上。

“看你们的演出，多少钱一张票?”妇人问。

“观众高兴给多少就多少。”

“妈妈，那我们多给一些吧。”孩子说，接着说了几句雷米听不懂的外国话。

于是，妇人转过脸对雷米说：

“阿瑟想要看看你们，请到船上来好吗?”

“好的!”

雷米示意了一下，三只小狗轻快地跳到船上，雷米也抱着心里美，大胆地走上船，来到阿瑟和妇人的跟前。

这时他才看清这是个金发少年，脸色苍白，额头的青筋在白皙的皮肤下清晰可见。正如雷米所料，他的的确确被绑在一块木板上。

“你们一定饿坏了。”阿瑟高声说。

一听到他这句话，几只狗都“汪汪”地叫了起来，猴子也急摸肚子。

“啊，妈妈!”阿瑟叫了一声。

妇人明白了，她赶忙吩咐仆人将摆好饭菜的小桌端了过来。

雷米用不着邀请，就把琴放在一边，很快在餐桌前坐下来，几只狗围坐在他的周围，心里美坐在他的腿上。雷米给每条狗分一块面包，它们立刻狼吞虎咽地吃起来。心里美却抓起一块馅饼，躲到桌子底下吃着。

雷米拿起一块馅饼，吃得太急险些噎着。

这时，阿瑟突然转过脸来问雷米："你愿意和我们在一起吗？"

雷米怔了，一时不知该说什么。

"我儿子问你愿不愿意和我们在一起？"

"是在船上吗？"

"是的。我儿子有病，医生让他躺在一块木板上。为了不让他感到寂寞，我才带着他乘船旅行。孩子，如果你愿意的话，你和我们在一起，给我们弹弹琴，这样不仅你帮了我们的忙，我们也许对你也有用。"

"哦，是这样吗？那太谢谢您了！"突如其来的运气使雷米有点乐坏了，能在船上生活，在水上漂流，那是雷米梦寐以求的事。

崭新的生活

阿瑟的母亲米利根夫人是英国人，而且是个寡妇。她已故的丈夫留有许多遗产，阿瑟是她唯一的儿子。

游船上的设备可以说应有尽有，雷米住的房间里睡床和桌子都是折叠的，非常方便。

第二天早上，已经日上三竿了，雷米才醒来。他急忙跑到甲板上，看见他的伙伴们依然“呼呼”地睡着。他走过去，狗惊醒了，高兴地跑过来；心里美一跃跳到他的肩上。

一会儿，船便起航了，郁郁葱葱的两岸在和煦的阳光下徐徐倒退。雷米倚在船边上，凝望着高傲的白杨；突然，从背后传来呼唤他的声音。

他急忙转过身，原来有人把躺在木板上的阿瑟抬了出来。他母亲站在一边。

“你睡得好吗?”阿瑟问。

“很好，谢谢!”

“狗和猴子呢?”

“它们也很好。想看演出吗?”

“不,雷米,请你把狗和猴子带开,阿瑟现在要学习了。”米利根夫人说。

雷米遵照她的嘱咐，把狗和猴子带到船头上，远远地看着他们俩。

只见米利根夫人拿起一本书轻轻地念了起来，阿瑟一字一句地跟着她重复着。

这是一个狼和小羊的故事。

米利根夫人反复念了两三遍后，就把书交给阿瑟，要他背诵。

阿瑟开始自己朗读、背诵，但很快他的眼睛便从书本上移开了。米利根夫人温和而严厉地说：

"阿瑟，你怎么不好好背诵呢？"

他立刻喊起来：

"妈妈呀，我不会背，我是病人呀！"

"你的脑子没有病，我不容许你借口有病，在无知中成长。妈妈还有事情要做，你自己念吧！"米利根夫人说完，起身走了。

阿瑟重新拿起书来念。但才念了一会儿，他的眼睛便从书本上移开了，东张西望。当目光和雷米相遇时，他微微笑了笑，又拿起书来读；但是，很快又抬起头来，从运河的左岸望到右岸。

雷米悄悄走过去，对阿瑟说：

"这个故事并不难背，我给您讲讲好吗？"

"你会讲？这不可能！"

"您拿着书，让我试试看好吗？"

阿瑟拿起书本，雷米开始背诵，只有几个地方，他重复了两次。

"怎么？你真会！你是怎么学会的？"阿瑟大吃一惊。

"我听您妈妈讲的时候很专心，不去注意周围发生的事情。"

阿瑟的脸一下红了，感到很难为情。

"我知道你是怎么听讲的了，"他说，"以后我一定像你那样去听讲。对了，脑子里容易混淆的词，你是怎样记的？"

"我也说不太清楚，只觉得不能死记课文，要在理解的基础上背诵。比如这个故事，讲的是绵羊，于是我就想起了绵羊，然后再联想到牧场的情景。"

"哦，这样我也会啊！"

阿瑟闭上眼睛，叫着说：

"我看见了绵羊，看见了牧场，牧场用栅栏围着，旁边有狗看着。"

"对，就是这样，您再往下想，羊平安无事的时候，狗在做什么？"

“什么事也没有做。”

“它们可以睡大觉。所以，书本上写着‘狗在睡觉’。再往后，要是羊平安无事，牧羊人会做什么呢?”

“当然是吹笛子啦。”

“在什么地方吹呢?”

“一棵大树下。”

“他一个人吗?”

“不，他和附近的牧羊人在一起。”

“是的，您看见了羊、牧场、狗和牧羊人，您能一字不错地背下这篇故事的开头吗?”

“我想可以。”

阿瑟踌躇了一下，然后背诵起来：

“绵羊在牧场上平安无事，猎狗在睡觉，牧羊人和他的同伴在一棵大榆树下吹着笛子。”

他拍拍手，大喊一声：“我记住了，一个也没错。”

他们两个人就用这种办法，一段一段地背诵。不到一刻钟，阿瑟已经能一字不错地背诵整篇课文了。

这时，米利根夫人出来了。没等她开口，阿瑟便喊着说：“妈妈，我会背了！是雷米教我的。”

米利根夫人诧异地看看雷米。阿瑟忙说：“词本身并没有什么意义，而实物呢，却看得见。雷米教我看到了牧羊人和笛子。于是当我抬头时，我发现自己不再关注周围的事了。我看见了牧场，听到了笛声，整篇课文也就背下来了。”

米利根夫人听了儿子的话，忍不住流下眼泪。她猛地搂住儿子，又泪眼模糊地凝视着雷米说：“你真是个好孩子。”

从此，雷米的地位发生了改变，他从一个耍动物把戏的可怜江湖艺人，变成了阿瑟的好朋友。

米利根夫人把雷米看成自己的孩子，阿瑟也很喜欢和雷米一起读书，他们之间的感情日益深厚。

重逢与分离

船上的日子过得很快。师傅出狱的日期眼看就到了，雷米的心情变得沉重起来；因为这意味着他将与阿瑟和米利根夫人告别。

这天，雷米终于问米利根夫人：

“由这里返回图卢兹需要多长时间？我要在师傅出狱的那天，到监狱去接他。”

听说雷米要走，阿瑟大叫起来：

“我不让雷米走！”

“我也想和你们在一起，可我是属于我师傅的，应当在我师傅需要我的时候，回到他身边去为他效劳。”

“妈妈，快把雷米留下来。”阿瑟再三央求着。

米利根夫人想了想，问雷米：

“阿瑟这样希望你能留下来和我们一起生活，和他一起学习，你愿意不愿意呢？”

“如果真能这样，那当然太好了！”

“妈妈，您看，”阿瑟说，“雷米愿意。”

“让我给你的师傅写一封信，请他坐火车到塞特来找我们。”

信发出三天后，米利根夫人收到了回信。维泰利斯在信中说，他荣幸地接受米利根夫人的邀请，将于下周六下午两点乘火车到达塞特。

那天，米利根夫人和阿瑟都下了船，在城里一家旅馆开了一个房间，

而雷米则带着狗和猴子到车站去接师傅。

火车到站了，月台上拥挤不堪，雷米正东张西望地找师傅的时候，狗已凭着它们敏锐的嗅觉闻到它们的主人了，动作敏捷的卡比一下子跳到主人的胳膊上，泽比诺和道勒斯则抱住他的腿不放。

雷米走上前去。维泰利斯放下卡比，把雷米搂在怀里，破天荒第一次吻了他，嘴里连声说：

“你好！我可怜的小宝贝！”

维泰利斯一向对雷米很好，可是从来没有像今天这样对他亲热过。他的举动深深地打动了雷米的心，雷米心里一阵酸楚，禁不住热泪盈眶。

“雷米，那位写信的夫人呢？我要立即去见她。”

雷米一面和师傅并肩走着，一面详细讲述他是如何遇见游船，如何在米利根夫人及其儿子身边生活的。维泰利斯听了，不住地点头。

一会儿，他们来到米利根夫人下榻的旅馆。

“把她的房间号告诉我，你带着狗和猴子在这里等着。”

过去师傅说话时，雷米没有争辩和回嘴的习惯。然而，这一次，他壮着胆子，要求陪师傅一同会见米利根夫人。可是维泰利斯把手一扬，堵住了他的嘴。于是他不得不坐在旅馆门口的长凳上等候，几只狗蹲在他的周围。

“师傅和夫人交谈，为什么不让我在场？”雷米翻来覆去地思量着，不等他找到答案，师傅已经出来了。

“去和那位夫人告辞一下，”他对雷米说，“我在这里等你，十分钟后我们就走。”

雷米惊呆了。

“怎么，你没听懂我的话吗？干吗站着不动？快！”

“师傅为什么这么凶呢？”雷米不解地站起来，木然地服从了。

他上楼向米利根夫人的房间走去，但只走了几步，便回过头来问师傅：“您说过……”

“我说我需要你，你也需要我，因此，我不准备放弃对你的权利；快去快回吧！”他的话稍稍振作了一下雷米的精神。他还以为，如果必须在十分钟之后离开的话，一定是因为师傅把他的身世也讲出来的缘故。

他走进米利根夫人的卧室，只见阿瑟在哭，他的母亲正俯身安慰他。

“雷米，你不走，对吗？”阿瑟大声问。

雷米一句话也没有说，呆呆地站在那里，一个劲儿地淌眼泪。

“雷米，我很遗憾，你师傅不肯接受我们的要求。”

“他是个大坏蛋！”阿瑟叫喊着。

“不，他不是个坏人。”米利根夫人接着说，“他回答我，拒绝的原因是：‘我爱这个孩子，孩子也爱我。我让他待在我的身边，接受生活的严峻考验，远比在你们家过童仆的生活要好。您可以教育他，让他学习，这没错；可是，您不能陶冶他的性格。他将是我的孩子，不可能成为您的儿子。再说，我也可以教育他。’”

“可他又不是雷米的爸爸！”阿瑟嚷嚷道。

“不错，他不是雷米的爸爸；可是，他是雷米的师傅，雷米的父母已经把雷米雇给他了，眼下雷米应当服从。”

“我不愿意让雷米走。”

“雷米应当跟他的师傅走。不过，我将写信给他的父母，同他们商量。”

“啊，别商量了！”雷米喊着。

“为什么不要商量？”

“哦，别商量了，我求求您。”

“你的父母在夏凡依，对吗？”她问道。

雷米不说话，而是走到阿瑟面前，紧紧地抱住他，热烈地亲吻他，然后从他无力的拥抱中挣脱出来，又来到米利根夫人面前，跪下捧起她的手，吻了又吻。

“可怜的孩子！”她弯下身子，亲吻雷米的额头。雷米突然起身，向门口跑去。

“阿瑟，我永远想念你！”他的声音因哽咽而变得异样，“夫人，我永远记着您！”

“雷米！不要走！”阿瑟大声喊着。

雷米跑出房间，奔下楼梯。师傅在楼梯口等他。

“我们走吧！卡比，泽比诺，上路！”

雷米离开了塞特，离开了他的第一个朋友，又一次走向冒险的世界。

雪夜遇狼

雷米又跟在师傅后面长途跋涉。他依然在公众面前扮演傻瓜，又哭又笑，以博得人们的欢乐。

在这种漫长的旅途中，他不止一次地回忆、想念阿瑟和米利根夫人及“天鹅号”游船，在记忆中重温昔日的生活。

一天，从塞特起程后，维泰利斯决定到巴黎去。因为冬天快到了，只有巴黎才有演出几场的机会。

这天夜里，雷米他们来到一个村庄的旅馆里，简单地吃过晚饭，师傅便说：

“雷米，快睡觉吧，明天我们一早就起程，我担心会遇上暴风雪的袭击。”

第二天，天还没亮，他们就准备出发了。旅店老板对维泰利斯说：“我要是您呀，就不走了，雪眼看就要下了。”

“我着急，”维泰利斯回答道，“我希望在下雪之前赶到特鲁瓦。”

维泰利斯把心里美藏在他的短外套里，用自身的热量温暖着它的身子；又为雷米买了块老羊皮，让雷米反穿着裹紧身子。

不一会儿，几片像蝴蝶般大小的雪花从他们眼前飞过。纷纷扬扬的雪花，还没落到地上就打起旋来。

“看来我们不可能赶到特鲁瓦了，”维泰利斯说，“我们必须到前面去找户人家躲躲。”

突然，维泰利斯伸手指了指左边的方向，雷米看到林中空地上有一间用树枝搭成的窝棚。

“我料到的，”维泰利斯高兴地说，“在新伐木的空地里，一定会有伐木工的小屋。现在，我们进去休息一下吧！”

走进窝棚，他们将上衣和帽子上的雪抖干净，生怕把窝棚里边弄湿了。

窝棚的结构和陈设极其简陋，里边唯一的摆设是一张用土坯搭成的长凳和几块能坐人的大石头，以及用五六块石头垒在角落里的炉子。

生火！立即生火！

在这样的屋子里，柴火是不难找到的。墙壁上、屋顶上全是唾手可得的木柴，说干就干。不一会儿，炉子里就燃起了熊熊的烈火，发出“噼噼啪啪”的欢叫声。

雷米趴在地上吹火，几只狗坐在火炉周围，伸着脖子，在熊熊的火光前烤一烤冰冷的、湿淋淋的肚子。

不久，心里美也掀开主人的上衣，探头探脑地钻了出来。经过一番观察之后，它一下子跳到地上，挑了个炉前最好的位置，伸出两只颤抖的小爪子，在火上烘烤。

维泰利斯从背包里取出一块面包，切了一半分给大家吃，把另一半又收了起来。大家都分得一点面包，但那根本填不饱肚子。

“我对这儿的路不熟。”他看着雷米困惑的目光说，“不知道到特鲁瓦之前能不能找到吃住的旅店。再说，我也不了解这片森林，我只知道这里森林很多；也许我们离有人家的地方还有好几里，我们被困在这小屋里可能不是一两天的事，得留一点干粮晚上吃。”

雷米用大衣把身子裹起来，在火炉旁边睡着了。等他醒来的时候，雪已经停了，堆在窝棚前的积雪已经没过了雷米的膝盖。

几点钟了呢？

雷米不好意思问师傅。最近这几个月，微薄的收入补偿不了他在诉讼和狱中花去的费用；因此，在第戎市为了替雷米买那件羊皮袄和各种各样的东西，他不得不卖掉了那只大银表。没有表看时间了，现在只好靠天色来判断。

雷米站在门口，望着外面发呆。

“照我看，雪很快又要下了，”维泰利斯看出雷米想上路，劝慰他说，“我们待在这儿，起码还有个住的地方，还有火；若是冒冒失失地上路，我们也不晓得这儿离住家还有多远。雪夜是不好受的，不如在这儿过夜，至少我们的脚是干的。”

看来只好勒紧裤带，待在窝棚里了。

吃晚饭的时候，维泰利斯把剩下的面包分成六份给了大家。

面包很快便吃完了。三只狗知道什么吃的也没有了，就乖乖地躺在了火炉旁。

雪还在不停地下着。

“睡吧！”维泰利斯对雷米说，“等我想睡时再喊醒你。睡在这小窝棚里，用不着怕猛兽和盗贼。不过，总得有人看住火；否则，雪一停，会冷得要命！我们还是小心点好。”

当师傅叫醒雷米时，夜已经很深了，雪也停了，熊熊的火焰仍在燃烧着。

“这回该轮到你了。”维泰利斯对他说，“你只要不断往火里添柴就行，我为你准备了一大堆木柴，伸手就可以拿到。”

维泰利斯说完往火炉旁一躺，把裹在毯子里的心里美贴在胸口，不一会儿就睡着了。

维泰利斯睡得十分香甜，那几只狗和心里美也睡着了，美丽的火焰从烧得正旺的火堆上高高升起，直升到窝棚顶，发出“毕毕剥剥”的响声，惊扰了夜的寂静。

雷米望着抖动的火光，时间一长，睡意又慢慢袭来，不知不觉地睡着了。

突然，一阵狂吠把雷米从睡梦中惊醒。

“啊，什么事？”维泰利斯惊叫起来，“出了什么事？”

“不知道。”

“你睡着了？火都灭了！”

卡比一下冲出洞口，它没有跑过去，只是在门口吠叫。

和卡比的吠叫相呼应的，是两三声凄凉的长吠声。这是道勒斯，吠声来自窝棚后面不远的地方。

雷米正要出门，师傅一把抓住他的肩膀。

“先添柴烧火。”他命令道。

木柴烧红了，维泰利斯从火里取出一根尚未燃尽的木柴，举在手里。

“走，去看看。”他说，“你在我后面，卡比，往前走！”

刚要出去，一阵骇人的嚎叫声打破了寂静，卡比惊惶失措，扑倒在雷米的腿上。

“有狼！泽比诺和道勒斯在哪？”

雷米无言可答，很可能这两只狗是趁他睡着的时候走出去的。

他们顺着散落在窝棚四周的一个个脚印走去，在黑暗中发现一块空地，地上的积雪被搅得乱七八糟，好像动物在上面打过滚一般。

“找找看，卡比，你找一找。”维泰利斯不停地说着，同时吹着口哨，呼唤着泽比诺和道勒斯。

可是，没有狗的答应声，也没有任何响声打破森林中凄凉的寂静。卡比没有听从命令去寻找它们，只是贴着他的脚跟，表现出明显的不安和恐惧。

维泰利斯再次吹口哨，呼唤泽比诺和道勒斯。依然没有回应。夜是那么静，雷米的心揪紧了。

“狼把它们叼走了，”维泰利斯说，“你为什么让它们出去？”

“我去把它们找回来。”

雷米往前走去，维泰利斯拦住了他。

“你到哪儿去找？如果它们没有回音，那是因为它们……走远了。”维泰利斯说，“找也没有用，面对饿狼的袭击，我们自己也是赤手空拳，无法防卫。”

“这样抛弃两只可怜的狗——我的同伴和朋友，我是有责任的。倘若我没有睡觉，它们决不会出去的。”

雷米这样想着，跟着师傅向窝棚走去。每走一步，都要回头看看，停下来听听动静。然而，除了雪之外，什么也没有看见，除了冰雪的扑落声之外，什么也听不见。

回到窝棚，又有一件突然袭击的灾祸在等着他们：当他们不在时，堆放在火上的木柴已经点燃，火焰把窝棚照得通亮。

心里美不见了！

雷米喊它，维泰利斯呼唤它，就是不见它露面。

他们拿起一把燃烧着的树枝，弯着腰走了出去。希望能找到心里美的踪迹。

同一个地方，同一个角落，反复找上十来遍，但是，力气全白费了，他们一无所获。

“看来只好等到天亮了。”维泰利斯说着，在火堆前坐下，双手捧着脑袋。雷米不敢打扰他，静静地坐在他身边，偶尔往火里添加柴火时才动一动。

雷米宁肯受到维泰利斯的责备，也不愿意看着他那闷闷不乐的沮丧神情。

当早晨的寒光映照出树木丛林的真实面目的时候，维泰利斯和雷米每人拿了一根粗木棍，似乎也不像昨夜那样失魂落魄了。他们在雪地上寻找心里美的足印。卡比注视着师傅的目光，似乎只等师傅一声令下，就往前冲。卡比突然抬起头，欢快地连叫几声。

他们抬头一看，那是心里美！被狗吠和狼嚎声吓破了胆的心里美趁他们外出的时候，跳到窝棚的顶上，又从顶上爬到橡树的高处。它蜷缩成一团，觉得这是安全之地；所以，它不顾他们的呼唤。

这可怜的小动物！

维泰利斯轻轻呼唤它，不料它像死了一样，就是一动也不动。

雷米往树上爬去，同时亲切地对心里美说话，可它还是不动，只用炯炯有神的眼睛望着雷米。

雷米快爬到的时候，伸手去逮它，它却纵身一跳，跳到了另一根树枝上；最后又纵身一跳，跳到了主人的肩上，钻进了主人的外套里。

能找到心里美已经很不容易了，但事情还很多，现在该是找狗的时

候了。

他们向前走了几步，到了昨天夜里来过的地方。

天已大亮，雪地上留下的印迹，使他们不难猜出昨天夜里狗被咬死的悲剧。

他们回到小屋内，维泰利斯把心里美当做小孩似的，放在火堆前，为它烘热手脚。雷米把毯子烘暖后，把它裹在里面。

雷米和师傅默默地坐在火堆旁，凝视着燃烧的火。雷米真想让维泰利斯大骂他一顿，或打他一顿。

可是，师傅一句话也不说，只是把头垂着，也许是在考虑没有了狗以后怎么办吧。

心 声

他们离巴黎还很远，必须顶风冒雪地日夜赶路。

漫长的旅程充满凄凉！维泰利斯在前头走，雷米和卡比紧紧地跟在后面。有时一连几个小时，谁都不说一句话。他们的脸被凛冽的北风吹得发青，脚上是湿的，肚子是空的。一路上，遇到他们的行人都停下来，奇怪地看着他们走过去。

沉默对雷米来说是极其难受的，可是当他和维泰利斯说话的时候，维泰利斯只用短短的几个字来回答，甚至连头都不回。

幸而卡比的性格比较活泼。一路上，它常常用湿润而温暖的舌头舔雷米的手，好像在说："你要知道，我在这儿呢，我可是你的好朋友呀！"这使雷米多少感到一些欣慰。

乡野遍地覆盖着白雪，天上没有太阳，田间也没有农民在耕作，听不到马的嘶鸣和牛的哞叫，只有一群群乌鸦蹲在光秃秃的树梢上，饿得"呱呱"直叫。村里家家户户紧闭着门，四周一片沉寂。

他们在高低不平的路上踏着积雪一步不停地前行。只有夜间投宿于马棚或羊圈时，才能休息。晚饭是一片薄薄的面包，那既是午餐，又是晚餐。

走了一里又一里，走完一程又一程。最后，他们终于快到巴黎了。

雷米感到，这里的乡村和他们经过的那些村庄并没有什么差异。

遇见的人大都不屑看他们一眼，他们太匆忙了，或许对他们这种穷

相已司空见惯了。

“我们这样寒酸，能在巴黎干什么呢?”雷米想着。他很想问问维泰利斯，但又不敢开口。

那是一个上午，维泰利斯放慢了脚步，走到雷米的身边。

“我们的生活开始变啦!”他好像是在继续一场早已开始的谈话，“再过四个小时，我们就能到巴黎了。”

“啊！那一大片就是巴黎吗?”

“是的。”

当维泰利斯对雷米说眼前就是巴黎的时候，雷米眼前一亮，像有一片金色的亮光闪了一下。

维泰利斯继续说：

“到巴黎后，我们就要分手啦。”

雷米将目光转向维泰利斯，脸色煞白，嘴唇颤抖。

维泰利斯看出了雷米内心的不安。

“我想你心里很不安，其实我也很痛苦。”维泰利斯说。

“可怜的小家伙!”

这句话，特别是说话的语调，使雷米热泪盈眶，他已经很久没有听到这么富有感情的话语了。

“你是个善良的孩子，你有一颗正直的心。有时候，人们在生活中，是应该具有这种善良、正直的心灵的，让自己同情别人。当你万事如意的时候，你总是走自己的路，很少想到你身边的人；可是，当你遇到挫折或陷入歧途，特别是当你老了并且对未来失去信心的时候，你就需要依靠周围的人，你就懂得有了他们在你身边时的幸福。我依靠你，你听起来觉得很奇怪，是不是？可是事实就是如此。你听我讲的时候，泪水湿润了你的眼睛，你的泪珠对我来说是一种安慰。正因为这样，我的小雷米，我也难过呀!”

“不幸就在于，”他继续说，“当人们正需要亲近的时候，却不得不分道扬镳。”

“可是，”雷米胆怯地说，“您想把我丢在巴黎不管了吗?”

“不，当然不会的。我不愿意抛弃你。我也没有权利抛弃你。那位善良的夫人愿意把你当做她的儿子抚养，我没有同意把你交给她照料。从那天起，我就承担了我自己教养你的责任。不幸的是，我眼下对你已爱莫能助了，这就是我想到我们应当分开的原因。我们不是永别，只是几个月的别离。几个小时以后就要到巴黎了。你想想，一个戏班，最后只剩下卡比，我们还能做些什么？”

卡比一听到它的名字，立刻跑到他们面前，把前爪放在耳边，行了一个军人礼。然后，它又把爪子放在胸前，似乎在对他们说：“你们应该对我的忠诚寄予信任。”

维泰利斯停了停，用手摸摸卡比的头。

“你也是。你是一只好样的狗，可惜在这个世界上，只有善良是填不饱肚子的。为了替周围的人造福，善良是需要的，然而还需要其他的东西，那正是我们所缺少的。你也懂得的，是不是？我们现在不能演戏了，只有你和心里美，你说我们能干什么呢？”

“是演不成了。”雷米替卡比回答。

“顽皮的孩子嘲笑我们，他们用吃剩下的苹果核往我们身上乱扔，我们一天连二十个苏也挣不上。我们能靠二十个苏过日子吗？遇上雨天、雪天或者大冷天，我们分文也挣不到。”

“你不是还有竖琴吗？”

“如果有两个像你这样的孩子，那或许还行。可是，像我这把老骨头，再加上你年纪这样小，事情就难办了。现在我还不算太老呢，要是我老态龙钟，或者还是个瞎子，那倒……可是像我现在这个样子，还没有到让人怜悯的地步。在巴黎，要获得怜悯必须有一副惨不忍睹的模样才行。况且，还觉得难为情，因此当众乞讨是我永远也办不到的。我是这样考虑和决定的：冬末之前，我把你交给一个戏班主，他将把你和别的孩子一起招进他的班子，你给他们弹琴。”

维泰利斯不让雷米打断他的话，接着说：

“我嘛，去给在巴黎街头干活的意大利孩子教竖琴或者风笛和提琴课。我去过好几次巴黎，有一点小名气，只要教几堂课，就可摆脱目前

入不敷出的困境。在教课的同时，我准备训练两只狗，以填补泽比诺和道勒斯的空缺，我要加紧驯养。一开春，我们俩又可以一起上路了。我亲爱的小雷米，从此，我们将永远不分离。命运对于那些勇于斗争的人来说，不会永远是悲惨的。我现在要求你的，正是勇气和忍耐，将来情况会好转的。冬天一晃就过去了，春天一到我们将重新过那种自由自在的生活，我将带你到德国和英国去。你现在长大了，眼界也开阔了。我要把你抚养成人，这是我的责任；而且我在米利根夫人面前做了保证，我会说话算数的。”

此刻，雷米只想两件事：别离和戏班主。在乡村和城镇的旅行中，他也见过好几个戏班主，他们领着从四处搜罗来的孩子，动辄用棍棒敲打。雷米想：我也可能会碰上一个这样可怕的老板。我的命运为什么这么苦呢？总是和自己所爱的人分离？天长日久，我开始像爱自己的亲父亲一样，爱着维泰利斯。难道我注定将永远孤苦伶仃，永远不能立足安居吗？

雷米这样想着，有很多很多话要讲，可是话到嘴边又咽下。他跟着师傅，急匆匆地走到一条小河边，过了一条他从未见过的泥泞的桥。桥头有个村庄，街道狭窄，过了这个村庄，是一片田野，田野上到处是破破烂烂的房舍。不一会儿，他们来到一条望不见尽头的街道。远远的两侧，是些肮脏破烂的房屋和各种各样的垃圾，空气中弥漫着一股恶浊的气味。不时有笨重的车辆驶过，来往的行人机敏地躲闪开，显不出半点慌张。

“我们现在到了什么地方？”雷米问。

“巴黎，孩子。”

巴黎！这竟然就是雷米热烈向往的巴黎？

险入魔窟

走在巴黎的街道上，看见周围的一切都很丑陋：结冰的小河散发出一阵阵臭气；地上的污泥掺和着雪水和冰块也越来越黑，它们在滚动的车轮的碾压下，变做稠稠的泥浆，四处飞溅，粘在污秽的小铺子的门窗上。

不过，他们越往前走，商店越来越大，越来越漂亮了。突然，维泰利斯向右一拐，他们又进入一个十足的贫民区。在两旁高大黑暗的房屋中间，没有结冰的污水像小溪一样在街心流淌。人们在泥泞的街面上走走停停，对那发臭的脏水视而不见。维泰利斯走到路边一座破房子前，问一个正在把一些破旧衣服和烂布片挂到墙上去的人："伽罗福里在家吗？"

"不知道，您自己上楼去看看吧。他住在楼顶上，门对着楼梯口。"

"伽罗福里就是我对你说过的那个戏班主，他住在这里。"维泰利斯一面上楼，一面对雷米说。

楼房有四层。维泰利斯没有敲门，他推开楼梯平台对面的房门，他们走进了一个大房间。

房子中空荡荡的，四周摆着十几张床，墙壁和天花板的颜色已无法辨认，从前大概是白色的吧。可是，烟雾、尘土和各种各样的污垢使石灰染上了一层黑色。墙上千疮百孔，在一个木炭绘制的人头像旁边，刻有各式花鸟。

“伽罗福里！”维泰利斯进屋时喊道，“您是住在这里吧？我是维泰利斯。”

墙上挂着一盏暗淡的小油灯，使房间显得格外凄凉，只听见一个微弱而又悲哀的孩子的声音回答道：

“伽罗福里先生出去了，要两个钟头以后才能回来。”

这是个十几岁的孩子，他拖着沉重的脚步向他们走来。他奇异的外貌使雷米大吃一惊，这孩子简直可以说没有躯干，不合比例的大脑壳好像是直接旋置在人的两条腿上的，他带着一种痛苦而又温顺的表情，有一双惯于忍受一切的眼睛和一种陷于绝望的神态。凭他这副身材，绝对能招人同情也能引人注目。从他那湿润而又温顺的大眼睛里，从他那富于表情的嘴唇上，都流露出一种令人感到可爱的东西。

“你肯定他两个钟头以后会回来吗？”维泰利斯问。

“完全可以肯定的，先生，那正是吃晚饭的时候，除了他，任何人都无权分饭。”

“那好，万一他早回来，你对他讲，维泰利斯两个钟头以后再来。”

“是，两个钟头以后，先生。”

雷米正要跟着出去，师傅拦住了他。

“你留在这里，休息休息。”他说。

雷米不由得打了个寒颤。

“我保证回来。”

维泰利斯出去了，把雷米一个人留在这里。

等维泰利斯一走，那孩子便回过头来用意大利语问雷米：

“您也是我们老家的吧？”

雷米过去跟维泰利斯学了不少意大利语，完全可以听懂。

“不，”他用法语回答，“我是法国人。”

“喔，那好极了。”

“您爱法国人胜过意大利人吗？”

“不，我说‘那好极了’，不是对我而是对您说的。如果您是意大利人，那很可能是为伽罗福里先生效劳而来的。对那些为戏班主老爷效劳的人，我是不会说‘那好极了’的。”

他的话让雷米担心。

“他坏吗?”

那孩子对雷米的问题不做直接回答。他转过身子，走到房间尽头的大壁炉前。

废木料在壁炉里燃着一堆旺盛的火焰，火上放着一只大生铁锅，里面正在煮汤。

雷米走到壁炉前，想暖暖身子。这时，他才发现这只奇特的铁锅：锅盖上装有一根细长管子，蒸汽沿着管子直往外冒，盖子的一边用绞链固定，另一边用挂锁锁着。

“为什么要锁上?”

“为的是不让我喝汤，我管烧汤，师傅是提防我。”

“伽罗福里先生要饿死你吗?”

“假若您到这里来侍候他，您就会知道，饿是饿不死的；只是饿得难受，特别是我，这是对我的一种处罚。”

“处罚？要饿死你?”

“是的。此外，我还可以告诉您，如果伽罗福里成了您的主人，我的例子会对您有用的。我叫马西亚，伽罗福里是我的叔叔。去年，伽罗福里到我们老家去搜罗小孩，他提出要把我带走。让我走，那简直是割掉我母亲身上的一块肉。

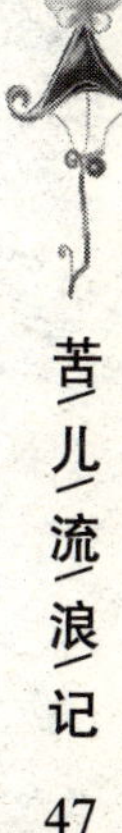

“离开我们家时，伽罗福里手下只有我一个人。一周之内就有十二个人了，我们动身来法国。啊！在我和我的旅伴看来，路途是多么遥远！他们也很伤心。当我们终于到达巴黎时，只剩下十一个人了，其中一个住进了第戎医院。在巴黎，有人在我们中间进行了挑选：身强力壮的人去做修炉子或扫烟囱的工人；不太结实、干活不行的去街头卖唱，或者去玩手摇弦琴。论干活，我不行；摇琴可挣大钱，可我相貌又太丑。可是，伽罗福里给我两只小白鼠，要我到各家门口或者小胡同里去耍把戏。他规定我每天交三十个苏，他对我说：‘你晚上回来若是缺多少苏，就得挨多少棍。’要凑足三十个苏，是很难的，挨打却更难受，

特别是挨伽罗福里的棍子。我当然总是尽一切努力去凑足这笔钱，但结果老是费劲不小，收获不大。我的伙伴几乎总是有钱带回来，而我却常常两手空空。伽罗福里的火气就一次比一次大。最后，伽罗福里见棍棒不灵，就变换了花招对我说：'你少交一个苏，我就从晚饭里扣除你一个土豆。既然你的皮肉厚、不怕打，你的胃可能会软得经不起饿。'您从来也不怕恐吓的吗？"

"当然啦，这要看情形。"

"对我来说，恐吓从来都管用。再说，我也只能做到我现在的样子，我可没有脸伸着手对那些人说：'如果您不给我一个苏，我今晚就吃不到土豆了。'施舍的人是决不会听到这种理由就决定对孩子施舍的。"

"什么样的理由才能打动他们呢？他们施舍只是为了取乐吧。"

"唉，您还小。他们施舍的目的是为了给自己增添乐趣而不是为别人。他们给孩子扔钱，是因为这个孩子长得秀气，这就是他们最充分的理由；有时候，他们给孩子扔几个钱，是因为他们自己死了孩子，或者想要孩子；也有的是因为他们身上穿得太暖和，而孩子在门廊下冻得发抖。啊！各种各样的人我都见过。要观察这些人，我的机会还少吗？你瞧，今天很冷，是不是？"

"是的，今天很冷。"

"好，您去站在门口，向一个蜷缩在短外套里匆匆而来的先生伸手，一会儿您来告诉我，他给了您什么；如果您再向一个裹着厚外套或者一些毛皮的、不慌不忙走过来的先生伸手，那完全相反，您可能得到一枚银币。我到这里三个月或者说六个星期以后吧，这里的老板定下的规矩没有把我养肥，我脸上越来越没有血色，'苍白！'见到我的人都这样说。有些人出于同情，把我领到他们家里。在那里，我虽然要不到很多钱，可我可以要到一片面包或者一碗汤。自从克扣了我的土豆，我就不再挨打了；现在克扣九个土豆，我也不在乎了，因为在吃晚饭的时候，我总有些东西早已填在肚皮里了。我总算是过了一段好日子；但是，有一天，我正在卖水果的女人家里喝汤，叫伽罗福里看到了。他立刻就明白剥夺了我的土豆我却并不抱怨的原因，他决定不再让我出门，命令我在屋子里烧汤，干家里的活。他又怕我偷着喝汤，便发明了这只生铁锅。早晨出门前，他往锅里放好蔬菜和肉，锁好锅盖，我只负责把它烧开就行。我只能闻汤的香味，就是说只能到此为止，如果想喝它一点，那门也没有。您看到的，这管子太细了。我当了烧饭的以后，脸色就更苍白了，汤的香味是不能吃进肚皮的，它使我更饿。事情就是这样，我的脸色是更苍白了吧？现在已不准我出门，再也听不见别人是怎么说的了，这又没有镜子。"

"您不见得比别人更苍白。"雷米回答道。

"我明白，您是在安慰我；可我喜欢脸色惨白。这样一来，说明我得了重病，我真想完全病倒才好。"

雷米惊讶地望着他。

"如果让我死，那就万事大吉了，我也不再挨饿了，不再挨打了。听人家说，人一死就可以升入天堂，我将可以从天堂望见家乡的妈妈，我还可以恳求仁慈的天主，不要让我妹妹克里斯蒂娜遭遇什么不幸；相反，要是给我治疗，那他们会送我进医院，我愿意到医院去。"

"您要是知道医院有多舒服就好了。"马西亚继续说，"我曾在圣欧也尼住过院。那里有位大夫，高高的个子，金黄色的头发，口袋里总装着麦芽糖。我喜欢听别人对我温和地说话，因为我妈妈对我说话总是温和的。在这里我没有饭吃，医院里有饭吃，一周之前，他朝我脑袋上狠狠打了一棍，这下我以为住医院是不成问题了。感谢天主，我的头肿起来了，您瞧瞧这肿得发亮的大包。伽罗福里昨天说可能是肿瘤，我不懂得肿瘤是啥玩意，但从他讲话的表情看，我觉得病情是严重的。我一直疼得要命，头发根下一阵阵剧痛比牙疼还厉害，好像有千斤石头压在头上一般。我终日头晕目眩，晚上睡觉，我也直哼哼。我满以为两三天后，伽罗福里会打发我到医院去的。一个小家伙哼哼一夜，会叫别人讨厌的，伽罗福里尤其不喜欢别人打扰他。他这一棍真使我高兴！唉，咱们说正经的，你说我的脸色到底苍白不？"

说完，他走到雷米面前，他们互相对视着。

"我觉得您病了，应当进医院。"

“终于说实话啦!”

马西亚拖着腿，艰难地向雷米施了一个礼。然后，他立即回到桌子前动手擦桌子。

“眼看伽罗福里就要回来了，什么都没有准备呢。”他边说边一瘸一拐地在桌子四周来回走动，摆盘子、放刀叉。雷米数了数，总共摆了二十只盘子。这就是说，伽罗福里手下有二十个孩子。可雷米只看见十二张床铺，看来是两个人合睡一张床了。什么样的床？没有床单，棕红色的被子大概是从哪个马厩里买来的，而且连马也不会感觉它们是暖和的。他正想问问马西亚。门“砰”的一声开了，走进一个小孩，他一手拿着提琴，一手拿着一大块旧木板。

“把木板给我。”马西亚向刚进来的孩子走过去。

“啊，不!”他说。

“给我，汤的味道就更香了。”

“你以为我把它带回来是烧汤用的？我只挣了三十六个苏，还缺四个苏哩，我正指望这块木板，要不伽罗福里就要狠揍我了。”

伽罗福里的徒弟们陆续都回来了。

在手里拿着木板的孩子后面，又回来一个；接着，又是十个。每个人一进屋就把乐器往钉在床铺上方的铁钉上一挂。有的人挂小提琴，有的人挂竖琴，还有的挂笛子或风笛；那些不是乐师、只是耍耍动物把戏的孩子，把旱獭或豚鼠装到笼子里。

这时，楼梯上响起了沉重的脚步声，雷米猜是伽罗福里回来了。果然，一个脸色焦急的小老头拖着迟疑不决的步子走进屋子，他穿了件灰色短大衣。

他一眼就看见了雷米。

“这孩子是干什么的？”他问道。

马西亚迅速而又彬彬有礼地回答，他将维泰利斯关照过他的话，一一告诉了伽罗福里。

“啊！维泰利斯在巴黎，他找我干什么？”伽罗福里问。

“不清楚。”马西亚回答道。

“我没有跟你说话，我在问这个小孩。”

“师傅快来了，”雷米不敢直说，“他会亲自向您说他的想法的。”

“这小家伙挺会说话的。你是意大利人吗?”

“不是，我是法国人。”

伽罗福里一进屋，就有一个孩子赶紧端来一把椅子。另一个小孩，接过伽罗福里的帽子，小心翼翼地放在床上。

伽罗福里一坐下，又有一个小孩连忙将装满烟丝的烟斗给他递上，第四个小孩递过一根擦燃的火柴。

“现在，”伽罗福里等自己坐停当，烟斗也点燃之后说，“小天使们，结账吧！马西亚，账簿呢?”

马西亚立刻把积满污垢的小本本放到了他的面前。伽罗福里做个手势，那个划火柴的小孩走了过来。

“你昨天欠我一个苏，答应今天还的。你现在给我带回了多少钱?”

孩子满脸通红，胆怯地说：

“缺一个苏。”

“啊？你又欠我一个苏？你居然还心安理得!”

“我指的不是昨天欠的那个苏，是今天又少了一个苏。”

“那就是差两个苏了？我可从来没有见过像你这样的人!”

“这不是我的过错。”

“少说废话，你是懂得规矩的。把上衣脱下来，昨天欠的抽两鞭，今天欠的也抽两鞭；另外，你今天太放肆了，还要扣掉你今天的土豆。里卡尔多，我的宝贝，因为你对我体贴，这场有趣的消遣就交给你来玩，拿鞭子来!”

里卡尔多从墙上取下一根短柄鞭子，柄上挂了两根打了个大结的皮条。这时，那个欠了一个苏的孩子已经脱光了上半身。

“慢!”伽罗福里冷笑着，“也许不光是你一个，有几个做伴的那才有趣哩，里卡尔多也用不着那么麻烦了。”

孩子们一动不动地站在他们的主人面前，听到这残忍的玩笑，一个个都勉强地笑了起来。

“笑声最大的，”伽罗福里说，“我敢肯定，谁欠的钱最多，谁笑得最厉害！”

大伙儿指指那个拿着木板最先回来的孩子。

“喂！你，你缺多少？”伽罗福里问。

“这不是我的过错。”

“从今天起，谁再说‘这不是我的过错’的，就罪加一等，多抽一鞭。你缺几个钱？”

“我带回了一块木板，那木板可好哩。”

“这也算数吗？你去面包师那儿，跟他用木板换面包，他会给你吗？你到底缺几个苏？嗯，快说！”

“我弄到三十六个苏。”

“那你缺四个苏啰！里卡尔多，把他的上衣扒下来！”

审问时，又有十几个孩子挨个上前交账。本来已有两个孩子挨了皮鞭，现在又有三个，这三个孩子一文也没有挣到。

伽罗福里哀叹着：“你们不干活，我怎么能给你们买好肉和好土豆吃？光知道贪玩，你们跟这些笨得要死的老爷、小姐们打交道，就得有一副哭哭啼啼的样子，可你们老嘻嘻哈哈的。难道你们不认为伸着手假哭要比露着背真哭好吗？快，把上衣脱下来！”

里卡尔多手持皮鞭，五个被罚者在他旁边排成一行。

伽罗福里扭转身子对着火炉，装做自己看不到这种处罚的样子。雷米被遗忘在一个角落里，愤怒和恐惧使他发抖。他现在才明白过来，马西亚为什么在谈到死的时候是那么安详和渴望。

鞭子抽在皮肉上发出的第一个响声使雷米涌出了眼泪。

“妈呀！妈妈！”不幸者叫喊着。

这时，楼梯对面的门开了，维泰利斯走了进来。

他一下子明白了是怎么回事，跑到里卡尔多的面前，夺过他手中的鞭子，又猛地转向伽罗福里，两手抱胸站到他面前。

这一连串突如其来的动作，弄得伽罗福里目瞪口呆。可是他很快镇静下来，虚情假意地说：

"太可怕了，是不是？这孩子真没良心。"

"可耻！"维泰利斯大声呵斥道。

"您说出了我正要说的话。"伽罗福里打断了他的话。

"别装模作样了！"维泰利斯大声说，"这样摧残不能自卫的孩子是一种卑鄙可耻的行为。"

"老傻瓜，您管什么闲事？"伽罗福里改变了说话的语调。

"警察可要管的。"

"警察！"伽罗福里站起身来惊叫着，"你……你居然用警察来威胁我？"

"是的！是我！"维泰利斯回答说，在戏班主面前毫不胆怯。

"维泰利斯，你听着！"伽罗福里镇静下来，以嘲弄的口气说，"别那么不客气，我也有东西可以说给别人听听的。只要我向他们说出我知道的，只要我说出一个名字，仅仅一个名字，那么就会有人因羞愧而躲藏起来永远也不想再见人了！"

维泰利斯静默了一会儿，没有做声。"他难道有丢人的丑事？"雷米愣住了，还没有来得及从这些莫名其妙的话中醒悟过来，维泰利斯已拉住他的手，果断地说：

"咱们走！"

"好啊，老兄，"伽罗福里皮笑肉不笑地说，"别记私仇了，您不是要跟我说话吗？"

"我已经没有什么要对您说的了。"

维泰利斯头也不回，拉着雷米的手径直走下楼去。雷米终于逃出了伽罗福里的魔掌，他多么想亲一亲维泰利斯！

走投无路

夜深了，地上融化了的积雪又结成冰。维泰利斯和雷米沉默地并肩走了一段路。后来，他们实在太累了，只好坐在路旁的石头上休息。

维泰利斯好几次用手去摸自己的前额，这是他为难时的一种习惯动作。

“你饿吗？雷米。”

“除了您早晨给我的一小块面包外，别的我什么也没有吃过。”

“唉，可怜的孩子，你今晚只好不吃饭就睡觉了。不过，咱们连到哪儿去过夜还不知道呢！我口袋里一分钱也没有了。”

“您本来打算住在伽罗福里那儿的？”

“对不起，雷米，我本来打算让你睡在他那里的；一个冬天他也许会给我二十个法郎。这样，我暂时就过得去了。可是一看他那么虐待孩子，我就改变主意了。我不能让你留在那里。”

“那我们现在上哪儿去？”

天色越来越晚，北风呼啸着，吹得人身上生疼。

维泰利斯久久地坐在路边，雷米和卡比像两尊木偶，立在他面前纹丝不动，他终于直起了身子。

“去冉蒂里，设法找个采石场，我过去在那儿睡过。”

他们在巴黎街头一刻不停地走着。夜晚漆黑漆黑的，瓦斯灯的火苗在寒风中颤动，照得路面模模糊糊。他们的每一步都像是在结冰的小溪上或者是在有冰面的人行道上滑行。维泰利斯拉着雷米的手，卡比紧紧贴着他们的脚跟。

饥饿也在折磨着卡比，它有时落在后面，在垃圾堆中寻找骨头或面包皮充饥；然而，垃圾已冻成一团，因此，它白白寻找了一阵，耷拉着耳朵又追上了他们。

他们一刻不停地行走，从大街走到小巷，又从小巷穿过别的大街。

维泰利斯弯着腰，一言不发地往前走着。尽管天气很冷，他的手还是滚烫滚烫的。有时他会停下脚步，在雷米肩上趴一会儿。

“您病了！”有一次停下来时雷米对他说。

“我太累了，像我这把年纪，这些天走路的时间太长了，今晚对我这老骨头来说也太冷了。我本该躺在一张舒舒服服的床上休息，在房间里围着火炉吃晚饭。可是，这一切简直是做梦啊！往前走吧，孩子！”

他们已经出了城，路上再也见不到行人，看不见城市和警察，也没有街上的瓦斯灯。蓝灰色的天空中闪耀着稀稀落落的星星，愈来愈凛冽刺骨的寒风，吹得他们的衣服紧紧贴在身上。

他们又默默地走了几分钟，维泰利斯停下脚步，问雷米是否看见了森林。

“我可以肯定地告诉您，我什么也没有看见。”

“也没有大路吗？”

“看不见。”

“再走五分钟看看，要是还看不见森林，我们就返回去，那肯定是走错路了。”

雷米这才明白，他们可能已经迷失了方向。他再也没有力气了，维泰利斯拉着他的胳膊。

“走吧！”

“我走不动了。”

“哦，你以为我能背得动你吗？我现在还能站得住，那是因为想到我们一坐下来，就再也起不来了，只有冻死在这里。走吧！”

雷米跟着他。

“路上有很深的车辙印子吗?”

“根本没有。”

他们只得沿着原路折回来，步履更加艰难了。

“你一发现车轮子印就告诉我。”维泰利斯说，“正确的路应当在左边，十字路口有一排灌木林。”

他们顶着寒风，在沉寂的夜里足足走了一刻钟。

忽然在黑暗中，有一道微弱的红光在闪耀。

“有灯!”雷米伸出手说。

维泰利斯瞧了瞧，可什么也看不见，大概那灯光离他们太远了。

又走了几分钟之后，雷米好像看见前面有一条路，路旁有黑糊糊的一片东西，很可能是灌木林。他放开维泰利斯的手，快步向前走去。看到路上有深深的车轮印子。

“这就是小树林！有车轮印子。”

“拉着我的手，我们得救了！采石场离这里只有五分钟的路程了。”

他们又走了一段路，还是没找到采石场。维泰利斯发觉自己什么也看不到，他只好用手摸，摸到了一堵墙。

“需要再往远处找一找吗?”

“不用再找了，采石场用围墙围起来了。”

“那怎么办? 师傅。我们要死在这里了。”

“喔，你不会死，你还年轻，生命力会使你挺得住！来吧，我们走，你走得动吗?”

“您呢?”

“我走不动时，就会像一匹老马似的倒下去的。”

“我们上哪儿去?”

“回巴黎去。让警察把我们抓到警察局去，我真不愿意这样做，但是我不想让你冻死。走吧，我的小雷米，走吧，孩子，勇敢点!”

他们顺着原路往回走。寒风越刮越猛，一路上卷起满天飞雪，打在他们的脸上。

维泰利斯气喘吁吁，步履艰难；雷米跟他说话，他也不吭声，只是吃力地做个手势，意思是他连说话的力气都没有了。

他们终于回到了市区。

维泰利斯站住了，他真的走不动了。

“我去敲人家的门，好吗?”雷米问。

“没有用，人家不会给我们打开门的，这里住的都是花农和菜农，这时候他们才不会起来呢！我们往前走吧。”

这时，维泰利斯已是力不从心。“我得歇歇了，”他说，“我支持不住了。”

刚巧在一道栅栏上有一扇敞开的门，栅栏里堆着一大堆肥料，这种景象在花农家是常见的。风把覆盖在肥料上的麦秸吹得撒了一地，在路上和栅栏脚下堆了厚厚的一层。

“我到那里坐一下。”维泰利斯说。

“您以前说过，假如我们坐下来就会挨冻起不来了。”

维泰利斯不回答，他示意雷米捡起麦秸，堆在门口。与其说坐下，还不如说他倒在草垫上了。他的牙齿在“咯咯”作响，浑身哆嗦。

“再拿点麦秸来。”维泰利斯对雷米说，“这堆肥料可以给我们挡风。”

一点不错，肥料可以挡风，但不能避寒。雷米把所有能捡来的麦秸堆成一堆，然后走到维泰利斯身边坐下。

“靠紧在我身上。你把卡比放在胸前，它会给你一点热气。”

雷米实在困极了，刚把自己的身体靠着维泰利斯蜷缩起来就睡着了。

维泰利斯背靠着门，呼吸困难而急促，他断断续续地喘着粗气。卡比夹在雷米的两腿中间，早已睡着了。北风不停地从他们头顶上吹过，把碎麦秸卷到他们的身上，好像枯叶从树上落下来一样。街上没有一个行人，远处近处，都死气沉沉的。

痛失亲者

雷米醒来后，惊奇地发现自己睡在床上，一个穿着灰色外衣、拖着黄木鞋的男人和三四个孩子围在他的身边，其中一个五六岁大的女孩正好奇地看着雷米。

“维泰利斯呢?”雷米坐起来急问。

“他是问他的父亲在哪儿。”一个年轻姑娘解释说，看上去她是这家的大女儿。

“他不是我父亲，是我师傅。他在哪儿？卡比在哪儿?”

这一家人互相看了看，却欲言又止。雷米顿时有种不祥的预感。果然，那个穿灰上衣的男人告诉他，维泰利斯已经冻死了！

原来，凌晨两点钟左右，花农开门去市场时，发现他们睡在麦秸堆里。于是喊他们起来，好让车子通过。可他们两人谁也没有动，只有卡比“汪汪”地叫着。他急忙拿来灯一照，发现维泰利斯已经死了。雷米因为抱着狗的缘故，活下来了。花农把他抬到家里，腾出床铺，让他睡到床上。他几乎像死人一样，整整躺了六个小时，刚刚苏醒过来。

当他说话时，那个目光惊讶的小姑娘一刻不停地看着他。当小女孩的父亲说到维泰利斯已经死去时，她一只手抓住父亲的胳膊，一只手指着雷米，发出一种奇怪的声音。

“嗯，是呀，我的小丽丝，”花农俯身对他的女儿说，“这事会使他难过的。不过总得跟他讲实话呀；我们不讲，警察也会告诉他的。”

他接着把他们怎样去通知警察，维泰利斯又是怎样被抬走的，全都告诉了雷米。

“那么，那只狗呢？”

“它跟着担架走了。”一个孩子说。

可怜的卡比！它知道主人死了，非常悲伤。为了博得观众一笑，这个杰出的滑稽演员，不知曾有多少次装出一张哭丧着的脸，呜咽着去参加装假死的泽比诺的葬礼，连那些老是噘着嘴巴的小孩子，也被它逗得笑疯了。

花农和他的孩子悄悄地走开了。

雷米无比悲伤地想着：师傅不在了，我今后该怎么办呢？

雷米踉跄着下了床，拿起竖琴，斜背在背上，走进花农和他孩子们的房间。

花农一家人正在围着饭桌，喝菜汤。饭桌靠近一个大壁炉，壁炉里燃着柴火。汤的香味沁入了雷米的肺腑，他忽然想起自己从昨天到今天还没有吃过一点东西呢。他晃晃悠悠，差一点昏厥过去。

“孩子，你不舒服吧？”花农充满同情地问。

“我的身体的确感到难受，如果允许的话，请让我在桌子旁边坐一会儿。”

雷米这么说着，就坐在了桌子旁边。那个目光惊讶、缄默不语，她父亲叫她丽丝的小姑娘，突然从饭桌旁站起来，端上满满一盘汤，送到雷米面前，放在他的膝盖上。

雷米的嗓子已经说不出话来，他有气无力地做了个感谢的手势。“拿着，我的孩子，”她父亲说，“喝过这一盘后还可以再喝一盘。”

雷米感激地看了看他，很快就把汤喝完了。丽丝立刻叫了一声，微笑着又端给他一盘。跟第一次一样，汤三口两口就喝了个精光。这一回，看他喝汤的孩子不再是抿嘴微笑，而是张着嘴放声大笑了。

“好样的，我的孩子。”花农说，“你真是个小饭桶。”

雷米一时被弄得面红耳赤。只好说：“我昨天没有吃饭。”

“你师傅吃了没有？”

“和我一样。”

“那他既是冻死又是饿死的。”

喝了两碗汤，恢复了些元气，雷米站起来准备告辞。

“你想上哪儿去？”老爹问。

“我想走。”

“走到哪儿去？”

“不知道。”

“你在巴黎有亲友吗？”

“没有。”

“你有老乡吗？”

“没有。”

“你在哪儿落脚？”

“我们是昨天晚上到的，还没有住宿的地方。”

“你想做什么？”

“弹琴、唱歌、谋生。”

“在哪儿？”

“巴黎。”

“你最好回到你家乡去，回到你父母身边。你爸爸妈妈住在什么地方？”

“我没有父母。”

“你有叔叔、婶婶、堂兄妹吗？总有个人吧？”

“没有，我举目无亲。”

“你从哪来？”

“我是师傅把我从养母的丈夫那里买来的……你们待我太好了，我衷心感谢你们。如果你们愿意的话，我星期日再回来陪你们跳舞，我可以弹琴助兴。”

雷米一边说，一边朝大门走去。刚跨出几步，丽丝追了上来，她拉着雷米的手，微笑着指指竖琴。

“你要我弹琴？”

她点点头，乐呵呵地拍手鼓掌。

雷米拿起竖琴，虽然没有心思去跳舞作乐，还是弹了一曲华尔兹。

她先是听着，然后用脚踏着节拍。不一会儿，她在音乐的吸引下，开始在厨房里旋转起来。她的两个兄弟和一个姐姐都静静地坐着。

弹完华尔兹舞曲，雷米开始演唱维泰利斯教他的那首那不勒斯歌曲：

“哦，虚情假意，冷酷负心的女人。
多少次啊，我发出过绝望的叹息：
为什么我那烧枯的心哪，
像圣殿的蜡烛又燃起摇摆的火焰？
哦，美貌无双的夫人，
只因我耳边又响起你的名字。”

这首歌的调子缠绵伤感。丽丝听了，竟失声痛哭，扑倒在她父亲的怀里。

“行了！”她父亲转过头对雷米说。

“真蠢！”她的哥哥邦雅曼说，“一会儿跳，一会儿哭。”

“你决心要干乐师这一行吗？”花农问雷米。

“我没有别的事可做。”

“走江湖你不害怕吗？”

“我没有家。”

“昨天晚上你遇到的事，你应该好好地想一想。”

“当然，我也喜欢一张舒舒服服的床和一个火炉。”

“如果你愿意留下，你可以和我们一起生活，一起劳动。假如你是个好小伙子，你将和我们亲如一家人。怎么样，孩子？”

丽丝转过身子，眼里含着泪花，微笑地看着雷米。

雷米对这个建议感到意外，一时待在那里不知所措。

一个家？他将有一个家啦！他抱有的这些幻想已经不知破灭了多少次！巴伯兰妈妈、米利根夫人和维泰利斯，他们一个接一个从他身边消

失了。他将不再孤苦伶仃啦！

这些男孩将成为他的兄弟，这位漂亮的小丽丝将成为他的妹妹。

雷米立刻卸下肩上的竖琴。

“这就是答复了。”老爹笑着说，“我的孩子，把竖琴挂在钉子上吧，等哪一天你觉得在我们这里感到不自在了，你再拿起竖琴远走高飞吧！不过，你要像燕子或夜莺那样仔细谨慎，选好季节再动身。”

不久，雷米便了解到，他和维泰利斯正好摔倒在门口的这所房子是在巴黎的一个叫格拉西的地方，住在这里的花农名叫阿根。他家里共有五口人：被人称为阿根老爹的是父亲，两个男孩，即亚历克西和邦雅曼；两个女孩，即大女儿艾蒂奈特和小女儿丽丝。

丽丝是个哑巴，但她不是天生哑女，在她 4 岁时，因为一次痉挛，突然丧失了说话的功能。她的哥哥们对她很宽容，她的父亲和姐姐也都很宠爱她。

从前在贵族之家，长子有优先的权利；今天在工人之家，长女往往要继承繁重的家务。阿根太太在丽丝出生一年后去世，从此，仅仅比弟弟大两岁的艾蒂奈特成了家庭主妇。

她终日干活，起早贪黑，以致 14 岁的年纪，便心事重重；那不爱嬉笑的脸色，竟然像一个 35 岁的老小姐。

雷米在钉子上挂好竖琴，就听到花房的门上有扒门的声音，接着是一声凄楚的狗叫声。

“是卡比！”雷米猛地站起来朝门口奔去。

可怜的卡比纵身一跳便扑到雷米的身上，舔他的脸，高兴地叫着。

随后，它跳到地面上，右爪子放在胸口，行了一个礼；逗得孩子们、特别是丽丝哈哈大笑；然后，它跳下来，一个劲儿地拉雷米的衣角。

老爹把雷米和卡比带到警察局。警察问他和维泰利斯的关系，然后问维泰利斯的身世和籍贯。可是雷米对师傅的身世和籍贯一无所知，他只知道自己是师傅付了一笔钱，把他从养母的丈夫那里租来的。

雷米很想把他们最后一次演出时那位夫人的赞美和惊叹，还有伽罗福里的威胁告诉警察，可又怕丢师傅的脸。

但是，在老练的警察面前，雷米想瞒也瞒不过。不到五分钟，他就把他所知道的情况统统讲了出来。

“把他带到伽罗福里那里去，”局长对一个警察说，“一走到卢尔辛街，他会认出那幢房子的。你和他一块上楼，好好问问伽罗福里。”

正如局长所说的那样，雷米很快就认出了那幢房子，他们直奔五楼。雷米没有看见马西亚，他多半已住进医院了。伽罗福里一见警察和雷米，面如土色，心里很害怕。

但是，当他从警察的口中知道他们的来意后，他才放心了。

“唉！可怜的老头死了。”他说。

“您认识他？”

“是的。”

“那您把您知道的跟我说说。”

原来，维泰利斯的真名叫卡洛·巴尔扎尼。三四十年前，卡洛·巴尔扎尼是全意大利最有名的歌唱家，蜚声于各大舞台。他到处演唱，那不勒斯、罗马、米兰、威尼斯、伦敦和巴黎都有他的足迹。后来不幸的是，他嗓子坏了。他不愿意让他的名声在不三不四的舞台上受到损害，于是，他改名换姓叫维泰利斯。从此他再也不在黄金时代认识的人面前露面了。当然，为了生活，他尝试过好几种职业，都没有成功。这样，他就一天天沉沦下去，终于成了耍狗把戏的人。但在他潦倒的时候，仍保持着他高傲的气节。他太骄傲了，观众如果获悉当年大名鼎鼎的卡洛·巴尔扎尼已沦落为可怜的维泰利斯的话，他会因羞愧而死去的，伽罗福里也是在一次偶然的机会中知道他这个秘密的。

这个长期使雷米困惑不解的秘密，现在终于有了答案。

他心中不免大放悲声：可怜的卡洛·巴尔扎尼！亲爱的维泰利斯！

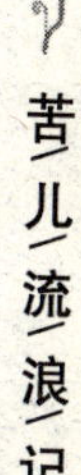

在花农家的日子

第二天是维泰利斯安葬的日子，老爹决定带着雷米去参加葬礼。

可是到了当日，雷米却起不来了。他发了一夜烧，患了严重的肺炎。

穷苦人家生病是很少求医的，但是为了雷米，阿根家打破常规，请来了医生。医生仔细检查后，告诉他们必须立即把雷米送进济贫医院。

送济贫医院当然是件轻而易举的事，然而，老爹没有这样做。

“孩子既然病在我家门口而不是在济贫医院的门口，那我们就应当把他留下。”

艾蒂奈特要操持全部家务，现在又要照看一个重病人，但她并没有感到厌烦，一连好几夜守在雷米的床边，后来亚历克西和邦雅曼也轮流守护他。

在一家人的悉心照料下，雷米的病情终于好转了。

丽丝是不干活的，她带着雷米到比埃弗尔河边散步。他们手拉着手，慢悠悠地走着，卡比跟在后面。

河谷两岸，杨柳成荫，绿油油的草地一直延伸到庭院遍布的山丘；各种小鸟，唱着春日之歌，飞来飞去。

在他们散步时，丽丝虽然不说话，但她能用眼睛猜透雷米的心思，因此，雷米也用不着对她说话了。

雷米慢慢地恢复了气力，觉得自己可以在园子里干些活了。他焦急地等待着这一天的到来，他要尽力为他们干活，报答他们所给予他的一切。

但他从来没有干过活。长途旅行固然是辛苦的，然而，那不是一种要求毅力和专注不二的连续性劳动；但他决心以周围的人为榜样，勤快地劳动。

现在正是紫罗兰在巴黎上市的季节，阿根老爹那时种植的正是这种花。满园的紫罗兰，红的、白的、紫的，按颜色排列在温室里，看上去好像一排排花的行列。这一行全部是白色的，旁边另外一行全部是红色的，这确实令人赏心悦目。到了晚上，在温室的玻璃窗重新关闭之前，园子里散发着浓郁的花香。

根据雷米体弱无力的情况，阿根老爹分配给他的工作是：早晨在霜冻过后，将玻璃窗取下；晚上在降霜之前，再将玻璃窗装上；白天得盖上褥草，以防强烈的阳光晒伤花卉。这点活既不难也不重，但很费时；每天雷米必须将数百个窗户翻动两次，并且根据太阳光强弱，注意开启或遮盖。

这一段时间，丽丝待在畜力水车旁，这畜力水车是用来提取灌溉必需用水的。当戴着皮制眼罩的老马科科德转圈转累了而放慢脚步时，她就用一根小鞭子轻轻抽它一下，促使它加快步子；她的一个哥哥把水车提上来的水一桶桶倒在畦地里；另一个哥哥在畦地里做父亲的助手。大家各尽其职，没有一个人是闲着的。

雷米已经复原了，他们不再让他老干温室里的活了，他高兴地跟着他们种一点东西。新的生活虽然给他带来了劳累，然而，他很快就适应了这种勤劳的生活。现在，他不用像从前那样四处流浪，也不用艰辛地在大路上徒步奔走。他从早到晚辛苦地劳动着，汗流浃背；手里提着喷水壶，光着脚走在泥泞的垄畦里。他不再孤独，不再是个弃儿；他有自己的床铺，在大家围坐的饭桌上也有他的一个座位。

每逢星期天的下午，他们在与屋子相连的葡萄藤绿廊下聚会。雷米从钉子上取下挂了已经一周的竖琴，请两兄弟和两姐妹跳舞。跳腻了的时候，雷米就会唱那支那不勒斯歌曲，它总是在丽丝身上产生不可抗拒的影响。

“哦，虚情假意冷酷负心的女人……”

每当雷米唱完最后一段的时候，他总发现丽丝的眼睛是湿润的。

两年就这样过去了。

阿根老爹常常带着雷米把花拿到市场、花堤、马德莱娜教堂、水塔，或者是花店去卖。雷米开始慢慢地熟悉了巴黎，并且懂得，虽然巴黎不是他梦想中用黄金和大理石砌成的都市，可也不是一座泥泞不堪的城市。

他见到了巴黎的宏伟建筑和它的古迹，沿着河堤在林荫大道上留连忘返；他在卢森堡公园、杜伊勒利花园和香榭丽舍大街散步；他看到了很多雕像；常常停下来赞佩地注视他面前潮涌般的人流。对于大都市的存在，他对它的价值已经有了一些认识。

但是，他受到的教育或锻炼，不仅仅是靠着这种浏览式的参观，或在巴黎街上散步和为送花而匆忙的奔走中偶然完成的。

老爹在自己独立经营花卉之前，曾在植物园的苗圃里工作过，在同科研人员的接触中，他产生了读书和学习的好奇心。一连好几年，他节衣缩食，购置书籍，利用空闲时间阅读书本。在他娶妻生子之后，闲工夫没有那么多了，首先必须挣上每天的面包；书本便闲置在一旁，收藏在柜子里。

在阿根家度过的第一个冬天是漫长的，园子里的活虽不能说完全停了下来，但至少在这几个月内是减少了许多。为了能围着火炉消磨漫长的夜晚，这些旧书又被从柜子里翻了出来，分发给大家。有很多关于植物学和植物史的书本，偶尔也有几本游记。亚历克西和邦雅曼没有继承他们父亲的兴趣，每天晚上，他们打开书本看了三四页就呼呼睡着了；而雷米并不困倦，他兴趣很浓，一直到非睡不可的时候才停止阅读。维泰利斯教他的最初几课没有白费，每当想到这里，雷米便怀着感伤的心情怀念起他。

雷米学习的热情使老爹回忆起往事。从前，他为了买书，只花两个苏吃一顿中饭。现在除了让雷米读藏在柜子里的书以外，他有时还从巴黎给雷米带回几本新书。

丽丝不识字，当她看见雷米一有空余时间就埋头读书时，就要他读给她听。她不会说话，却比谁都更善于集中注意力，更善于使用她深藏不露的潜在智力。

他们一起度过了不知多少时光：她坐在雷米的对面，目不转睛地看着雷米朗读。雷米也教她作画，当她能画上几笔时，阿根老爹吻了吻雷米，笑着说：

“哈，我留下你，算是做了件大蠢事，丽丝将来会报答你的。”

将来，是意味着等她会说话的时候，因为医生从来没有放弃要使她恢复说话的希望。他们说，只是目前还没有办法，必须来一次突变才有可能。

雷米被阿根老爹收养后，孩子们像自家兄弟一样待他。假如没有突如其来的灾祸再次改变他幸福的生活，他是可以永远留在这里的；可是，命运注定他的好日子不会持久。当他完全恢复健康以后，突如其来的灾难又一次把雷米抛向了流浪的生涯。

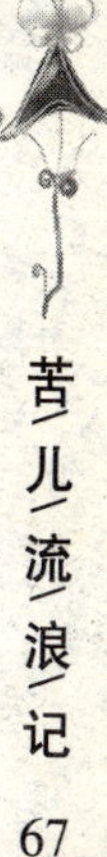

重新上路

阿根老爹种植的紫罗兰，栽培技术并不太难，巴黎的花农都能干得非常出色。种植紫罗兰的主要技巧是选择复瓣花种，因为单瓣花种已经不时兴了。可是，在播下的种子中，单瓣复瓣往往各占一半，只能留下复瓣植株而不能保留单瓣的，这对一个紫罗兰花农来说是有着重要的利害关系的。否则，到了第二年，你就不得不把精心培育了一年的、开着单瓣花的植株从肥土里拔出来扔掉。因此，播种后的选苗就非常必要了，这种选苗也叫“拣花苗”。选苗是根据新株的叶子和它的形态特征来进行的。掌握“拣花苗”这一技巧的花农数量不多，因而竟成了某些花农家庭的秘而不宣的传家宝。当一些种植紫罗兰的花农需要选苗时，他们便向精通这一技巧的同行请教，这个同行就像医生或专家一样进城“出诊”。

阿根老爹是巴黎最内行的“拣花苗”行家之一，每年到了“拣花苗”时节，他整天忙得不可开交。这对艾蒂奈特来说，日子就不好过了。因为同行见面从来没有不喝一杯的，有时还要喝上两杯、三杯。就这样转过两三家之后，再回到家里来，阿根老爹的脸总是红红的，说话时舌头也不灵活了，连双手也发抖。

父亲不回来，艾蒂奈特是不会去睡觉的，即使回来得很晚，她也等着。

如果雷米本来就醒着，或者被他们的声音吵醒了，他便可以从房间里听到父亲和女儿的对话：

“你怎么不睡？”老爹问。

“我想看看你还需要什么。”

“原来是这样。宪兵小姐在监视我！”

“假使我也睡了，现在谁来陪你说话？”

“你是想看看我还能不能笔直地走路吧？那好，你瞧着吧，我敢打赌，一步不歪，我可以一直走到孩子们的房间不离开这条直线。”

东歪西倒的脚步声在厨房里响了一阵，后来静了下来。

“丽丝好吗？”他问。

“好。她睡着了，你轻一点。”

“我没有出声，走得很稳，我必须走得笔直，因为女儿已经责备父亲了。丽丝她没有见我回家吃晚饭，表现出什么没有？”

“她看看你的坐位。”

“啊！她看了我的坐位。”

“是的。”

“看了好几次吧？是不是看了好几次？”

“老看。”

“后来呢？”

“她的眼睛好像在说：‘爸爸不在。’”

“她问我不在的原因了吧？你回答说我和朋友鬼混了吧？”

“不，她什么也没有问，我也什么没说，你在什么地方，她心里明白。”

“她明白，她明白……她睡得很熟吧？”

“不，才睡着了一会儿。她一直在等你。”

“你呢，想干什么？”

“我不想让她看见你回来。”

又是片刻的寂静。

“艾蒂奈特，你是个好孩子。你听着：我明天到路易索家去，嗯，我向你发誓，你听见了吗？我一定回来吃晚饭，我不忍心让你等我，我不

忍心让丽丝睡觉时心里难过。”

可许诺、发誓并不总是管用的。只要他在外面又喝上一杯，他一定回来得很晚。在家里，丽丝权力最大；到了外面，丽丝就被忘得一干二净了。

“你看，”他常说，“说不喝，结果又喝了，总不能谢绝朋友们的好意呀！”

“拣花苗”的季节一结束，阿根老爹又要为八月的圣玛丽瞻礼和圣路易瞻礼而辛勤劳动了。

他们准备了数以千计的雏菊皇后、倒挂金钟和夹竹桃。还必须让所有的花在预定的日子里开放；既不能早开，也不能晚开。

早开了，节日到来之前花已凋谢；迟开了，花赶不上佳节。人们不难理解，这是需要某种技巧的。因为人不是太阳和时间的主人，天气会时好时坏。阿根老爹被视为种花技术的专家，他种的花总是不早开，也不迟开。这要操多少心！花多大的劳动代价！

8月5日那一天，各种奇花含苞欲放，院子里花团锦簇，让人看了眼花缭乱。

这是全家人经过了多少艰辛的劳动换来的啊！

为了犒劳一番，他们决定到阿格伊去，在老爹的一个朋友家吃晚饭，卡比也去。那位朋友和老爹一样，也是花农。

这天下午4点钟，老爹锁上了大门。

“咱们出发啦！”他兴奋地喊道。

雷米拉着丽丝，撒腿往前奔跑。卡比“汪汪”地在他们身边快乐地跳着、叫着。

时间在不知不觉中很快过去了。

晚餐快结束时，不知是谁发现了西边的天空已经乌云密布，这是暴风雨的征兆。

“孩子们，得赶紧回格拉西去！”

丽丝不做声，不过她做了个表示不乐意和反对的动作。

“风一起，”老爹说，“会把花房的窗子掀开的。快上路！”

不用犹豫了，大家都明白，玻璃窗是花农的命根子，一旦被风刮破，花农会倾家荡产的。

他们迈开大步往前走。艾蒂奈特和雷米带着丽丝跟在后面。

已经没有欢声笑语了，因为天变得越来越黑，起风了。暴风雨来临前的云雾般的漫天尘土在地面上成团成团地呼啸着、滚动着。

由远处响起的雷声渐渐逼近，时而还夹杂着刺耳的巨响。

雷米和艾蒂奈特拉着丽丝的手，拖着她往前走，因为她很难跟得上，他们比预计的要跑得慢多了。

“隆隆”的雷声一个紧接一个，突然间，冰雹“噼里啪啦”地下了起来。开始是些小粒子，打在他们的脸上，接着便是真正的冰雹像雪崩一样倾泻下来。

街道突然变得像是在严冬季节，铺上了一层白色的雹子；鸽蛋大小的雹子落下时发出的喧天的响声，掺杂着玻璃被砸的碎裂声。雹子从屋顶上滚下来，滚到街上，各种各样的东西也跟着纷纷滚下：碎瓦片、墙上的灰泥和打碎的石板瓦。石板瓦在白色的地面上变成一堆堆黑色的东西。

“唉！玻璃窗全完了！”艾蒂奈特惊叫了起来。

雷米脑子里也闪过这一可怕的念头。

“也许老爹已及时到家了。”

“就算他们在下雹子之前赶到，他们也来不及用草席盖好全部窗子，全完啦！”

“听说雹子只在一个地方下。”

“这里离家太近，那边不会不下的。假如雹子像这一样落在花房上，那可怜的爸爸会破产的。啊，天主啊，爸爸正指望卖掉这批花，他多么需要这笔钱呀！”

这场雹灾没有持续多久，至多五六分钟的工夫。它骤然而来，又骤然而止。

丽丝穿着高帮布鞋，在冰冷的雹子地上寸步难行，雷米只好背着她，她去时高高兴兴，这时却愁容满面，泪珠在眼睛里滚动。

他们回到家时，看到的是一片凄惨的景象：玻璃窗、花、碎玻璃片和雹子混杂在一起，杂乱地堆成一堆。早晨还是美丽富饶的园子，一下子成了一堆无以名状的碎片残骸。

老爹在哪儿？他们到处找他。四处都不见他的影踪，他们径直走到大温室，发现那里没有一块玻璃是完整的。地面上一片碎玻璃渣，他坐在地中间的一张小凳上，神态沮丧，亚历克西和邦雅曼站在他背后，一动不动。

“唉，我可怜的孩子们！”听见背后他们踏着碎玻璃片走近的声音，他叹息道，“唉，我可怜的孩子们！”

他紧紧地抱着丽丝，哭了。

他能说些什么呢！

这是一场灾难，眼前看到的已经这样可怕；但比这更可怕得多的，是后果。

很快，雷米从艾蒂奈特和男孩子们那里得知，老爹已经完全陷入了绝境。十年前他买下了这块园地，园地主人还贷款给他购买一个花农所必需的工具和设备，地价和贷款必须在十五年内连本带息地付清。就是说，只要老爹有一次迟付，他就有权收回地皮、房子、花圃设备和工具。至于他已经收到的十年本息则仍归他所有。他在投机，他认为这十五年内，总有一天老爹会还不起他欠的债务的。他在这场投机中不冒任何风险，他的债务人却没有一天不在冒倾家荡产的危险。这场雹子，使债主盼望了十年的这一天终于来到了。

第二天，就是老爹应当用卖花得来的钱偿还这一年度本息的日子。一个穿着黑衣服的法官从门口走了进来，样子不太礼貌。他交给他们一张印花的纸，他在空白处还填了几个字。

他是执达员。

很显然，债主已把老爹告上了法庭。

从这天开始，他三天两头就来逼债。

老爹不能再待在家里了，他要进城找代理人，为打官司做准备。

冬天的一部分日子就这样过去了。他们只好在花房里种些蔬菜和不需要遮盖的花卉，这卖不了什么大钱，不过，总算能维持一家人的生活。

一天晚上，老爹回到家里，比平时更加垂头丧气。

他把丽丝紧紧搂在怀里。

“他们判我必须还清债务，可是我没有钱，只好变卖家里所有的东西；但这还不够，所以我将蹲五年监牢。我不能用钱偿还，只好用我的身体，还有我的自由来抵偿。”

全家人都忍不住哭了起来。

“是的，这是伤心事！”他说，“可是不能违抗法律，这是法律啊。我的律师对我讲：‘从前的法律更严厉，当债务人无力向债权人还债时，债权人将有权将他肉体剁开，而且要切多少块就切多少块，我还只是坐牢，大概过几天就得进去，要坐五年。这段时间，你们怎么办呢？想想太可怕啦！”

“我进了监狱以后，决不让你们感到孤独，决不让你们遭遗弃。”

雷米又有了一线希望。

“雷米，你给我的姐姐卡德琳娜写封信，她住在涅夫勒省的德勒齐，把我们的事告诉她，请她上这来。卡德琳娜头脑冷静，她会处理好这一类的事情，我们可以同她一起商量一个最好的办法。”

然而，卡德琳娜没有像他们想象中那样来得及时，商务警察，也就是拘捕债务人的警察，比她先来了一步。老爹请求警察允许他和孩子们告别。

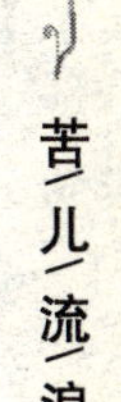

于是，他挨个地亲了亲艾蒂奈特、亚历克西和邦雅曼。

雷米躲在一个角落里，被泪水糊住了眼睛，老爹喊雷米：

“你，雷米，你不来亲亲我吗？难道你不是我的孩子吗？”

他们每个人当时都处在一种完全狂乱的精神状态中。

“你们都待着，”老爹用命令的口吻说，“我命令你们！”

他一下子放开丽丝的手，让艾蒂奈特拉着她，随即走了出去。大家都待在厨房里失声痛哭，谁也说不出一句话来。

他们满以为卡德琳娜会先到，有了她就有了保护！

可是卡德琳娜不在这儿。

卡德琳娜是在老爹被带走后一小时到达的。她见他们一个个缩在厨房里，一声不吭；就连他们赖以依靠的艾蒂奈特也被压垮了，心中充满了恐惧和绝望。

卡德琳娜姑母是个坚强而富有主见的女人，曾在巴黎当过奶妈，她熟识世间的艰难困苦，正如她自己所说的，她善于随机应变。

她要求他们服从她的安排。

对于一个没有受过教育也没有财产的农家妇女来说，这一家孤儿落在她肩上的负担是够沉重的：最大的不到16岁，最小的是个哑巴。再能干的人遇上这种情况也会忧心忡忡。

因为孩子们年纪太小，都不能独立工作，所以她决定把他们分到乐意收留他们的叔叔和姑姑家去居住。

丽丝到居住在莫尔旺山区德勒齐的卡德琳娜姑妈家去。

亚历克西到塞文省的瓦尔斯当矿工的伯父家去。

邦雅曼到圣康坦当花农的另一个伯父家去。艾蒂奈特到另外住在埃斯南德海边的夏朗德省的姑妈家去。

雷米听着安排，等待分配；可是，卡德琳娜姑妈不言语了。雷米上前一步问道：

“我呢？”

“你？你不是我们家的人。”

“我以后可以替您干活。”

“你不是我们家的人。”

“您问问亚历克西和邦雅曼，看我有没有劳动的能力。”

“是，是，他是自家人。”

大家也纷纷为他求情。丽丝向前走到她姑妈面前合上双手，这动作比长篇大论更能表达意思。

“我可怜的小乖乖，”卡德琳娜姑妈说，“我理解你的心情，你想让他跟你在一块，可是生活中的事情是不能样样称心的。你是我的侄女，我们到家时，若是我的男人说三道四，我可以回敬他：‘她是我们家的人，我们不可怜，谁可怜？’人家只收留亲戚，不收留外人。那薄薄的面包只是供家里人吃的，给所有的人吃就不够了。”

话说到这个份上，雷米没有什么好再说的了，因为乞求等于讨饭。

卡德琳娜姑妈决不能推迟她计划的实施，她通知孩子们：明天就要分手。说完，她打发他们去睡觉了。

一走进房间，大家就把雷米团团围住了，丽丝扑到他的身上哭了。雷米自然明白：分别虽然痛苦，但他们是想着我、同情我的。他深深感到，自己是他们的兄弟。

“听我说，”雷米对大家说，“我心里有数，你们的亲戚不要我，可是，你们是把我看做自家人的。”

“对了，”他们异口同声地说，“你永远是我们的兄弟。”

丽丝不会讲话，紧紧握着雷米的手，表示同意他们的说法；她深情地望着雷米，雷米不由得热泪盈眶。

“好！对！我将永远是你们的兄弟，我会拿出证据来让你们看。”

“你想在哪儿定居?”邦雅曼问。

“在贝尔尼家有个地方，明天一早我替你去问问，好吗?”艾蒂奈特说。

“我不想定居。一定居，我只好待在巴黎，永远看不见你们了。我想重新穿上羊皮袄，拿上老爹挂在钉子上的竖琴，从圣康坦到瓦尔斯，再从瓦尔斯到埃斯南德，从埃斯南德到德勒齐，一个一个去看你们，这样你们将通过我永远在一起。我没有忘记唱歌跳舞，我要去谋生。”

看着每个人脸上流露出的满意表情，雷米知道他的想法反映了大家的愿望，雷米在悲伤中感到快慰。他们长时间谈论着他们的计划、他们的别离和他们的聚会，谈论着过去和未来。艾蒂奈特要大家上床睡觉，可是这一夜谁也没有睡好。

第二天一清早，丽丝把雷米带到花园，他明白她有话要对他说。

她用双手、用嘴唇，特别用她那传神的眼睛告诉雷米：

“你流浪期间，应当先去看看艾蒂奈特、亚历克西和邦雅曼，好让我知道他们的消息。你去德勒齐时，把你看到的以及他们对你说的全告诉我。”

他们将在早晨8点钟出发。卡德琳娜姑妈租了一辆大马车，将先送他们去监狱和父亲告别；然后，各人拿着自己的小包去乘应当乘坐的火车。

7点钟，艾蒂奈特也把雷米叫到花园。

“这回要分开了，”她说，“我想送你一个小纪念品，拿着吧！这是个针线包，里边有针线和剪刀，是我教父送给我的，路上你会用得着的。往后的日子我不在你身边了，不能替你缝缝补补，你用剪刀时会想起我们的。”

最爱钱的亚历克西把一枚发亮的好看的金币塞到雷米手里，雷米由此体会到亚历克西对他的深厚友谊胜过他对小小的财宝的感情。

邦雅曼更没有忘记雷米，他送给雷米的礼物是一把小刀。

时钟“滴滴答答”地走动着，再有一刻钟，也许再有五分钟，他们就要分别了。

雷米背起竖琴，喊了一声卡比。卡比见到乐器，见到雷米穿上从前的服装，高兴得跳起来。对它来说，流浪比关在屋子里更有趣。

丽丝将一截玫瑰枝一分为二，送给雷米一枝。

分别的时候到了，卡德琳娜姑妈缩短了离别的时间。她让艾蒂奈特、亚历克西和邦雅曼上车，又吩咐雷米把丽丝抱到她的膝盖上。

看雷米痴痴地呆着不动，卡德琳娜姑妈轻轻地推了他一下，关上了车门。

马车走了。

在朦胧的泪眼中，雷米瞥见丽丝的头贴着放下的车窗，她用手给了雷米一个飞吻。车子在街角急速地转了个弯不见了，后面是一阵飞扬的尘土。

雷米偎依在竖琴上，卡比趴在他的脚下；他呆若木鸡，久久地望着那飞扬的又轻轻地散落在地上的尘土。

雷米终于将竖琴斜背在肩上。

“卡比，走！”

卡比听懂了，它跳到雷米面前，“汪汪”地叫着。

雷米的目光从这所房子上移开，向前方望去。太阳已经升高了，蓝色的天空，暖和的天气，同他当初在寒夜里累倒在墙脚下的情景迥然不同。

在这里的两年生活只是短暂的一次歇息，他又重新上路了。但这短暂的歇息给了雷米力量，使他感受到了友谊。他不再是天涯孤子。

新的生活展现在他的前方。

快乐的旅程

现在，在雷米面前展开的是一个广大而自由的世界，东南西北，他可以高兴向哪里走就向哪里走。

他还只是个孩子，但一切都要由他自己来做主，他多么希望有人给他一些忠告和指导啊！然而，他举目无亲，眼下就是跌进万丈深渊，也只能靠自己的力量爬出来。

在走向新的旅程之前，雷米决定先去看望一下近几年来已经几乎成了他父亲的老爹。

雷米被引进接待室，老爹很快就出来了，他并没有戴脚镣和手铐。

“我一直在等你，我的小雷米。”他对雷米说，“卡德琳娜没有带你和孩子们一起来，我责备了她。”

从早晨起，雷米一直感到忧郁和伤心，此刻老爹的这句话一下子使他打起了精神头。

“卡德琳娜太太不愿意收留我。”

“她也没法收留你，我可怜的孩子。在这世界上，人们不可能样样都很称心。孩子们告诉我，说你想重操旧业，靠唱歌谋生。你难道忘记了又冻又饿，差点死在我们家大门口的事吗？”

“没有，我从来没有忘记。”

“那时，你还不是一个人，有师傅带着你。我的孩子，像你这样小小年纪，孤零零的一个人到处唱歌流浪，是很危险的。”

“还有卡比呢。”

卡比听到它的名字，便像往常一样，叫了两声算做回答。

“当然啰，卡比是只好狗，但它毕竟是狗，你怎么谋生呢？”

“我唱歌，卡比演戏。”

卡比听了，把爪子捂到胸口上。

“算了，孩子，你如果是个听话的孩子，你就找个职业。你已经是个好工人了，这比流浪好得多，那是懒汉干的。”

“我可不是懒汉。您是了解我的，您可曾听见我说过半句抱怨活累的话吗？在您家里，我真想拼命干活，我真想一辈子和你们在一起生活；可是别人的家我不愿意去。”

大概雷米说最后几句话的时候神态有点儿异样，老爹看着他，沉默了一会儿。

“你曾对我们讲过，”他又说，“那时你还不晓得维泰利斯是什么人，他的行为举止在你看来就是位绅士。你也一样，你的举动、神态似乎也在告诉别人，你不是个穷小子，你不愿意到别人家去伺候人。那么，孩子，也许你是对的。你相信我，我也是为你着想，没有别的用意。我爱说大实话，心里想什么就说什么，这你是知道的。你没有父母，我也不能再充当你的父亲了。从今以后你可以自己做主了。像我这样一个可怜的倒霉的人是无权发号施令的。”

老爹这番苦口婆心的话，说得雷米心乱如麻。

是的，孤身一人到处流浪是危险的。但如果放弃这种生活，那就只有一条路，就是老爹刚才为他指点的那条路，去找一个他不愿意干的职业。

最后，雷米决定不改变主意，他不能对艾蒂奈特、亚历克西、邦雅曼和丽丝不守信用。

“您不想让我把您孩子的消息捎给您吗？”雷米问。

“他们已经给我说过了，但是我刚才建议你抛弃街头艺人的生活时，我想到的不是我自己，人应该首先想到别人而不是自己。”

“正是这样，老爹。您看，现在您为我指明了方向，假若我因害怕您

讲到的危险而对别人失信，那我想到的就是自己而不是你们和丽丝了。”

他又一次长时间地看着雷米，然后，突然握住雷米的双手：

“好啊，孩子，你能讲出这样的话，我一定要亲亲你。你的心肠真好；心肠好坏不由年龄来决定，看来是真的。”

“现在，就只剩下一句话要说了，”老爹接着说道，“听从天主的安排吧，我亲爱的孩子。”

他们俩沉默了一会儿。时钟在“滴答滴答”地走动，他们分别的时刻到了。

老爹突然用手在他坎肩的口袋里摸了摸，掏出一只大银表，银表是用一根细的皮带系在纽扣扎眼上的。

“我们快分别了。这只表是我眼下唯一的财产，我把它送给你。”

说着，他把表放到雷米的手里；看雷米不愿意接受这件美好的礼物，他难过地说：

“你知道，我在这用不着看时间；时间过得太慢，要计算时间的话，一定会愁死的。再见了，我亲爱的小雷米，再吻我一次吧！你是个好孩子，你要记住：要永远做个好孩子。”

他拉着雷米的手，一直送到出口处。

雷米的心中太乱，也太激动了，以致以后发生的一切和他们之间还说了些什么，他全记不清楚了。

每当雷米重新回忆这次离别的情景时，能记起的只是那天来到街心的时候那种痴呆和沮丧的感觉。

雷米在牢门口站了很久。他拿不定主意是向右还是向左走更好，要不是他的手在口袋里偶然碰到了那只表，他也许会一直待到天黑的。

“我的表朋友，现在几点钟了？”

“12点，我亲爱的雷米。”

现在除了卡比，雷米又有了一只表，以后不怕找不到人说话了。

雷米高兴得忘乎所以，竟然没有发现卡比也和他一样兴奋。

雷米给它看了看表，它端详了很久，似乎想起了什么，接着高兴地摇动尾巴叫了十二声。啊！对呀！用这只表，我们又可以有办法挣钱了！

可下一站去哪呢？

“对了，到夏凡侬去看看养母吧！”雷米很兴奋地对自己说。

自从师傅死了以后，雷米曾经好几次想写信给养母；可又怕巴伯兰发现了他，又把他卖给别人。这次，他想偷偷回去，趁巴伯兰不在家的时候，和养母见面。

他在旧书摊上买了张法国地图，踏上了去夏凡侬的路。

他来到了摩弗达街，他是刚从蓝色的路牌上知道的。

当他走到圣梅达尔教堂时，看见一个孩子背靠在教堂的墙上，他的脑袋很大，眼睛水汪汪的，一张富于表情的嘴唇似乎在诉说着什么，这不是马西亚吗？

雷米走过去，仔细地看了看。马西亚也认出了他，惨白的脸上露出了笑容。

“是您吗？”他问，“在我进医院之前，您曾和白胡子老头到伽罗福里那里去过。哎哟！那天我的头实在疼得要命。”

“伽罗福里还是您的师傅吗？”

马西亚在回答之前，往四周看了一眼，小声说：

“他坐班房了，是因为他太狠毒，打死了奥尔朗多。”

一听说伽罗福里在蹲监牢，雷米感到由衷地高兴。他平生第一次想到：那些使我感到如此恐怖的监狱原来也是有它们的用途的。

“孩子们呢？”

“喔，我不知道，伽罗福里被捕时我不在场。出院以后，伽罗福里见我不禁打，一打就病，就想把我扔掉。他以两年为期、先收租金的条件把我租给了加索马戏团。他们要搞柔体表演，需要一个孩子。伽罗福里便把我租给了加索老爹，我在他那里一直待到上星期一。现在我的头又长大了一点，不能再钻箱子了；而且我很怕疼，所以他们就把我辞退了。我是从马戏团驻地吉索尔来找伽罗福里，结果一个人也没有找到，房门关得紧紧的。我刚才跟您说的，都是邻居告诉我的。伽罗福里坐牢了，我只好来到这里。天知道现在该到哪里去，也不知道现在该干什么才好。”

“你为什么没有回吉索尔去？”

“因为我从吉索尔徒步来巴黎的那天，马戏团到鲁昂去了。我怎么能去鲁昂呢？路太远，又没有路费。从昨天中午到现在，我连一口饭还没有吃过。”

“你不要走开，”雷米说着，快步跑向转角处的面包店，很快就带着一个大圆面包回来了。雷米把面包送给他，他一手接过去，狼吞虎咽地把面包吃完了。

“现在，”雷米问他，“你想干些什么吗？”

“不知道，您刚才跟我说话时，我正想去把小提琴卖掉——要不是舍不得的话，我早就把它卖掉了。我的小提琴就是我的欢乐和安慰，每当我伤心的时候，便独自找个地方为自己演奏。我就仿佛在天空中看见无数美好的东西，比梦幻中的还要迷人。”

“干脆，我们一起在街头卖艺吧！”

“太好了。”他说，“您是戏班主，我们互相支持，互相帮助，有吃的大家分享。”

“好，一言为定，跟我来吧！”雷米说着，把竖琴往肩上一背，“往前走！”

他们走出了巴黎街区，沿着草地花丛前行，青葱翠绿的嫩叶丛中，一串串丁香花正在吐红争艳；微风拂过，淡黄色的桂竹香花瓣从饱经风霜的墙顶上飘飘坠下，一直洒落到他们的头上。

卡比在他们旁边蹦蹦跳跳，不时“汪汪”叫几声。马西亚在雷米身边，一声不吭，默默地走着，也许是在想着什么。

在一堆小石子旁，雷米停住了脚步。

“如果你愿意的话，”他对马西亚说，“我们休息一下吧。”

“您是想聊聊天吧？”

“以后我们都用‘你’来称呼。我会向你发命令，你要不服从，我就打你。”

“行，不过可别打我的脑袋。”

他笑了起来，笑得那么自然、温和，一口洁白的牙齿显露在黝黑的脸上。

他们坐着，雷米从背包里掏出地图，摊在草地上。“这是什么玩意？”马西亚指着地图问。

雷米向他解释地图是什么和它的用处，用的几乎全是维泰利斯给他上的第一堂地理课时所用的术语。

雷米给他讲解人们在地图上标明距离的方法，马西亚专注地听着。

雷米的眼光无意中落在那只打开着的背包上。

“我有三件完好无损的布衬衫、三双袜子和五块手绢，还有一双没有穿过多久的皮鞋。你呢？”雷米问他，“你有什么？”

“一把小提琴，还有现在身上穿的。”

“好。”雷米对他说，“我们是伙伴，就该平分。你拿两件衬衫、两双袜子、三块手绢。这只背包也要像所有的东西都平分一样，你先背一小时，我再背一小时。”

马西亚不肯接受，可雷米不许他拒绝。

他们又上路了。

黄昏时分，他们经过一个农家的大门，正好这个农家在举行婚礼，院子里人头簇簇，每个人都穿着节日的盛装。

依照雷米的经验，这种场合，总是需要音乐的。他走进院子，马西亚和卡比跟在后面。雷米一手拿着毡帽，向新郎深深鞠了一躬，这是维泰利斯的很有气派的施礼方式。

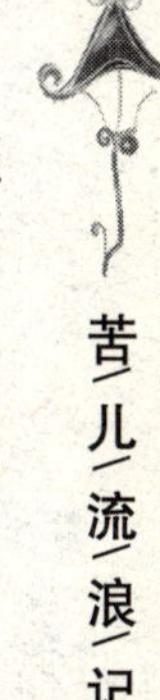

新郎没有马上回应雷米，只把两只手指塞进嘴里，吹出一声尖厉无比的长哨。

“喂，你们大伙听着！”新郎喊道，“来点音乐……大伙觉得怎么样？有几个演员来啦！”

“好！好！音乐！音乐！”男的女的都嚷了起来。

“准备——跳四对舞！”

尽管雷米和马西亚从未在一起合奏过，可是，他们在演奏四对舞曲时却配合得相当默契。

“你们中哪一个会吹短号？”一个红脸大个子问他们。

“会，我会。”马西亚说，“可我没有短号。”

“我去找一只来，小提琴拉得挺漂亮，就是不够劲。”

短号很快拿来了，他们开始演奏四对舞曲、波尔卡舞曲和华尔兹，演奏得最多的还是四对舞曲。

他们一直演奏到天黑，舞伴们还不让他们有喘息的工夫。

这时，新娘发现马西亚脸色苍白，便叫道：

“行了，这小家伙累得不行了！现在请诸位给演员赏钱吧。”

“如果你们愿意的话，”雷米从车上跳下来说，“让我们的账房先生出来收钱吧！”

他把帽子扔给卡比，它接过去衔在嘴上。

因为卡比懂得怎样向赏钱的客人致谢，因而引起了热烈的掌声，白花花的银币一个个掉进帽子里。新郎是最后一个给钱的人，他在卡比的帽子里放了一个五法郎的银币。

多好的运气！可这还不算。他们又请雷米和马西亚饱餐了一顿，然后，把他们安置在谷仓里过夜。第二天，当他们离开这好客的人家时，他们已经有了二十八法郎的财产。

当他们到达科贝尔时，雷米便添置了一些他认为必不可少的东西：用三法郎买了一只短号，又买了绑袜子用的红绸带，还为马西亚买了只背包。

雷米和马西亚已像兄弟一样相处得十分融洽。

“你要知道，”马西亚老爱笑着说，“像你这样一个不打人的戏班主，我还从来没有见过呢！”

“你高兴吗?”

“你问我高兴吗？可以这样说，从我离开那个地方以来，现在是我最高兴的时候。”

在离开科贝尔时，雷米他们已经有三十法郎了。雷米很想在探望巴伯兰妈妈时，给她买头奶牛。

他想像着：在到达夏凡侬之前，买上一头奶牛，由马西亚牵着牛带进巴伯兰妈妈的院子。

马西亚说："巴伯兰太太，我替您牵来了一头奶牛。"

"一头奶牛？您搞错了吧，我的孩子？"她叹着气。

"不，太太，您是夏凡侬的巴伯兰太太吗？那好，王子要我把这头奶牛送给您。"

"哪一位王子？"

这时，雷米出现了，扑到巴伯兰妈妈的怀里。亲够之后，他们便做薄饼和炸糕，他们三个人，当然不包括巴伯兰，要像过狂欢节一样好好吃一顿。

他向牛贩子打听过，一头牛要一百五十个法郎。

一百五十个法郎！而他身上所有的钱离这么一大笔钱还差得远呢！

雷米决定先不去夏凡侬，先去瓦尔斯，演出童话剧《王子的奶牛》，挣足一百五十法郎后，再去看望巴伯兰妈妈。

他把这个想法告诉了马西亚，他也同意了。

"到瓦尔斯去！"他说，"矿山一定是很有趣的，我也很想去开开眼界。"

旧友重逢

瓦尔斯煤矿在塞文山脉中的一个向着地中海倾斜的山坡上。他们用了差不多三个月时间，才走到这个矿山。

站在远处望去，瓦尔斯既不漂亮，也不整洁。街上川流不息的人群比他们周围的黑马、黑车和黑树上的黑色还要黑。

雷米知道亚历克西的伯父是瓦尔斯的一个矿工，他在特鲁瓦矿干活。

当他们到达特鲁瓦矿时，已是下午 6 点钟了。他们只好在矿山出口处等着亚历克西出来。

雷米留神地注视着，这时一个黑影跳过来搂着雷米的脖子，是亚历克西，他从头到脚全是黑的，一点也不像从前那个在花圃的小路上奔跑的伙伴了。

“这是雷米。”他转身对走在他旁边的一个 40 岁上下的人说，这个人的面孔和阿根老爹的一样开朗。

雷米明白，这就是加斯巴尔大叔。

“我们早就等你来了。”他说，语气和善，态度也很诚恳。

卡比一见亚历克西便显出撒疯的样子，它欢蹦乱跳，用咬住老朋友的衣袖不放来向对方表示友情。

这时候，雷米向加斯巴尔大叔介绍说，马西亚是他过去结识的好伙伴、好搭档，而且是个好孩子，他的短号吹得比任何人都好。

“喔！卡比先生！”加斯巴尔大叔看着卡比说，“明天正好是星期天，你们歇息好了给我们来一场表演吧！听亚历克西讲过，卡比这只狗比学校的老师和喜剧演员还要聪明哩！

“你们两个一起聊聊吧，小伙子们，你们大概有不少话要说吧！我嘛，和这位短号吹得‘呱呱’叫的年轻人谈谈。”

一起聊聊！即使聊上整整一个星期也怕不够！亚历克西想知道雷米的流浪生活；而雷米急于想知道他是怎样习惯新生活的。他们俩都只忙着互相发问，却忘了还应该互相回答。

他们走得很慢，看见回家的工人像一条长龙似的挤满了整个街道，他们没有一个不是浑身上下都如同覆盖在地面上的煤屑一样黑。

他们快要到家了，加斯巴尔大叔走到雷米跟前对他们说：

“孩子们，和我们一起吃晚饭吧！”

“这就是雷米，”他一进屋，就对加斯巴尔大婶介绍说，“那是他的朋友，一会儿他们和我们一起吃晚饭。”

和亚历克西一起吃晚饭，这让雷米太高兴了，因为这意味着他可以在这里度过这个夜晚了。

自从离开巴黎以来，他们还没有好好地吃过一顿饭。

然而，这个晚上，他们无福享受丰盛的晚餐，因为在这里，大部分煤矿公司都设有一种专门为矿工供应生活必需品的商店，工人不用付现钱，而且只要付成本费就可以从那里买到他需要的一切东西，商店将在他的半月一发的工资里扣除他应付的钱数。这样，在瓦尔斯，矿工的妻子没有干家务的习惯。男人下井后，她们收拾一下屋子，便互相串门聊天，喝着从矿工商店记账取来的咖啡，吃着巧克力。男人下班后，她们便跑到商店取回点熟肉之类的东西算做晚餐。

吃完晚饭，加斯巴尔大叔对雷米说：“你和亚历克西一起睡吧。”

他又对马西亚说：

“如果您愿意去面包作坊的话，我们在那里用干草给你搭一个舒服的床铺。”

晚饭后，到了睡觉时间，可雷米和亚历克西聊了大半宿。

亚历克西当矿工的时间虽然不长，但已经爱上了他的矿井，对矿井

夸不绝口，说这是瓦尔斯最了不起、最奇妙的地方。

雷米一到瓦尔斯就对煤矿产生了好奇心，现在听了亚历克西的这一番描述，他的好奇心更大了，很想下井看看，只是苦于还没有机会。

有惊无险

在雷米要离开瓦尔斯的前一天，亚历克西的右手被煤石压伤了，青肿得吓人，无法再继续下井了。亚历克西推煤，要是歇工，全家人吃什么？于是雷米自告奋勇代替了亚历克西的工作。几个月做下来，雷米变得又黑又壮。他每天和矿工们在一起，生活得很快乐。可是不幸又一次降临了。由于雨季时瓦尔斯郊外的河水泛滥，倒灌入矿井。那一天，从一大早就下着大雨，到上午9点钟的时候，雨量激增，变成了暴雨。滚滚的雨水把坚固的堤防冲毁了。在一号开采场的五十个矿工，幸而有时间逃难了，其余的二百五十个矿工，除了雷米及六个人外，都不幸丧生了。

共同遭受的巨大灾难把他们的心连在一起了。

尤其是加斯巴尔大叔，对雷米非常疼爱，想把他留在瓦尔斯。

“我给你找一个挖煤工的工作，”加斯巴尔大叔说，“这样我们就不会再分开了。”

“谢谢您的好意，可我更喜欢江湖生活。”雷米说。

在人们试图把雷米留在瓦尔斯的时候，马西亚显得心事重重。当雷米告诉他三天以后他们将要出发时，他扑上来搂住了雷米的脖子。

“那么你不会抛弃我了！”他大声说。

一听到这句话，雷米使劲地擂了他一拳，内心充满感激之情。

这是纯粹朋友间亲昵的表现，因为马西亚完全有能力独立谋生了。

在雷米做推车工的时候，马西亚和卡比在短短一段时间的巡回演出中，就积攒了十八个法郎，这是一笔不小的数目。

他们的钱包里现在已经有了一百四十六个法郎，买一头王子的奶牛就只差四个法郎了。

离别是令人伤心的，但雷米命中注定要和他爱的并且也爱他的人一次次离别。

他们又一次肩上扛着竖琴，背上背着小包袱，带着卡比一起重新踏上了旅途。卡比高兴得不时在地上打几个滚。

他们决定不直接从瓦尔斯奔于塞尔再去夏凡侬，而是取道克莱蒙，因为那里可以挣钱。马西亚认为一百五十法郎要买头奶牛可能还不够，他还想多挣点，买头漂亮的奶牛，让巴伯兰妈妈高兴。

经过圣弗卢尔和伊索瓦两座城市之后，他们终于来到了拉布尔和蒙多尔这样的温泉城市。这里游人如麻，他们一下子就挣了六十八个法郎。

六十八个法郎加上他们钱包里的一百四十六个法郎，等于二百一十四个法郎。不用再耽搁了，应该马上取道于塞尔向夏凡侬进发。抵达于塞尔的第二天，正巧碰到城里举办牲口大集市。雷米好高兴啊！可是，一到真正去买奶牛的时候，他又觉得很困难，因为那么多的牛，他不知道买哪一头好。

经过旅店老板的介绍，他找到了城里的一位兽医，请他代为鉴定。

这是位留着胡子、面目慈善的老头。当他知道了雷米买牛的用意后，立刻带着雷米赶到了集市，选中了一头母牛，他在雷米耳边说道：“这头母牛最好，它食量不大，出奶又多，我去跟卖牛的讲讲价钱。”

说完，他就找卖牛的讲价去了。

有一个瘦子农民用缰绳牵着它，兽医走上前去问道：

“请问这头牛卖多少钱?”

“三百法郎。”

“太贵了，一百五十法郎。”

经过一番讨价还价，最后，以二百一十法郎买下了奶牛。

雷米付了钱，身上连一个苏都不剩了，既没有钱去养活奶牛，也没有钱养活他们自己。

“我们去干活吧。”马西亚说，“咖啡馆里满是人，只要我们分头各干各的，今晚我们就会有一笔可观的收入。”

他们把奶牛牢牢拴在旅店的牛栏里，紧紧地打了好几个结，然后就分头去干活。到了晚上在清点当天进账的时候，马西亚挣了四法郎五十生丁，雷米挣了三法郎。

一共是七法郎五十生丁，他们又有钱了。

他们立刻收拾行装，牵起奶牛，直奔夏凡侬。

现在，雷米用不着像离开巴黎时那样时常查看地图了。他非常清楚要去的地方，尽管他跟着维泰利斯离乡背井已有好几年光景，但是还能找到路上高低不平的标记。

为了不使奶牛过于疲乏，也为了到达夏凡侬时天色不至于太晚，雷米打算到他和维泰利斯一起流浪时度过第一个夜晚的那个村子，再在那堆他躺过的干草上过夜。第二天一早，再从那里出发，这样就可以早早赶到巴伯兰妈妈的家了。

将近10点钟，他们找到一处有草的地方，放下包裹，把奶牛牵过去。

奶牛专心地吃草，他们则坐在一旁吃面包。

马西亚突发奇想，说：“我用短笛给牛吹一支曲子怎么样？加索马戏团有一头奶牛，很喜欢听音乐。”

马西亚没等雷米答话，就开始吹起阅兵进行曲。

奶牛一听到头几个音符就猛地抬起头，不等雷米扑上去抓住牛犄角上的绳子，它就突然狂奔起来。雷米他们赶紧在它后面没命地追。

奶牛在一个大村子里，被人拦住了，他们走上前，说奶牛是他们的。可是，人家不但不给奶牛，反而把他们围了起来，提了一连串的问题：“你们是从哪来的？你们的奶牛是哪弄来的？”

就在这时候，来了一个宪兵，他宣布要扣下奶牛，把他们送进监狱，准备调查。

雷米刚刚跑过，正上气不接下气，他实在难于为自己辩白，只好跟

着宪兵来到了镇政府，那里也是监狱的所在地。

马西亚挨到雷米面前，耷拉着脑袋。

“揍我吧！”他说，“揍我的头吧！我干的蠢事，随便你怎么揍也不过分。”

“你做了蠢事，我当初让你去做，我和你一样蠢。”

“你最好揍我一顿，那样我就不会太难过了。我们可怜的奶牛，王子的奶牛啊！”

他哭了起来。

“如果有人指控我们买奶牛的钱是偷的，我们又怎样证明是自己挣的呢？你知道，一个不幸的人可能会被看成无恶不做的。”

“没关系，于塞尔的兽医不就是我们的证明吗？”

终于，在一阵可怕的生锈门轴的“吱呀”声中，他们的牢门打开了，一位满头银丝的老先生走了进来。

“喂，起来，坏蛋！”狱卒说，“好好回答治安法官的问题。”

“有人指控你们偷了一头奶牛。”治安法官对雷米说。

雷米回答他，他们是在于塞尔集市上买的奶牛，并且说出了兽医的名字。

“这需要核实。”

“我希望是这样，一核实就证明我们是无辜的了。”

“你们为什么要买奶牛呢？”

“我们要把奶牛带往夏凡侬，赠送给我的养母，报答她的养育之恩，也是作为我爱她的一种表示。”

“这个女人叫什么名字？”

“巴伯兰妈妈。”

“是不是前几年在巴黎受伤致残的泥瓦匠的妻子？”

“是的，治安法官先生。”

“这也要进行核实。”

对于这句话，雷米没有像说到于塞尔兽医时那样爽快地请他去查问。

看到雷米窘迫的样子，治安法官步步紧逼地向雷米问起来。雷米解释说，他们打算要巴伯兰妈妈获得一次“意外的高兴”，如果他去巴伯兰妈妈那里打听，那么，雷米的这一番心思就会落空。

窘迫之中，雷米马上又为另外一件事感到高兴，因为从法官的提问中，他得知巴伯兰前一阵又到巴黎去了。

“你们是从哪里弄到足够的钱来买这头奶牛的？”

这正好是马西亚预料的那个可怕的问题。

“我们挣的。”

“在哪挣的？怎么个挣法？”

雷米给他解释，他们怎样从巴黎到瓦尔斯，又怎样从瓦尔斯到蒙多尔，一路上怎样一个子一个子地挣钱，又怎样一个子一个子地积攒这笔钱。

法官听了，用温柔的目光长时间地看着雷米。

“我要派人去于塞尔了解一下情况。”他说，“如果像我所希望的那样，证词和调查都证实你们的陈述，明天就放了你们。”

“那我们的奶牛呢？”马西亚问。

“奶牛也还给你们。”

“王子的奶牛就将凯旋牵进村了。”

马西亚高兴得又唱又跳，雷米也被他的高兴感染了。一直忧愁不安地待在角落里的卡比，这时也挤到中间，用它的两条后腿直立起来。

狱卒又进来了，他带来了满满一罐牛奶，还有一大块白面包和冷牛肉，说是法官先生让送来的。

监狱的犯人从未享受过如此优厚的待遇。

“白吃白住，”马西亚笑着说，“真是交上好运了。”

惊 喜

第二天早上8点钟，治安法官打开牢门，走了进来，后面跟着那个兽医，他要亲自看着他们得到释放。

治安法官给了雷米一份精美的贴有印花的文件。

“你们在大路上这样流浪，真是疯了，”他友好地说，“我从镇长那里给你们弄了一张通行证。这样，你们就得到保护了。孩子们，祝你们一路平安。”

法官和他们握了握手，兽医拥抱了他们。

他们牵着奶牛，兴高采烈地在这个村子的街道上走着。

“你知道，我是答应过你要在巴伯兰妈妈家吃油煎鸡蛋薄饼的，薄饼里有奶油、鸡蛋和面粉。”

“那一定好吃极了。”

“当然是好吃的，把薄饼卷起来，满满地塞上一嘴，那还能不好吃？你等着吧。但是巴伯兰妈妈家可能既没有奶油，又没有面粉，因为她穷。我们是否给她带些去呢？”

“这个想法太好了。”

于是，雷米走进食品杂货店，买了一磅奶油和两磅面粉，然后继续赶路。

还有十公里，还有八公里、六公里。说也奇怪，雷米愈走近巴伯兰妈妈的家，愈觉得这路程比他离开她的那天更长了。

雷米非常激动，又焦虑不安。

“这是一个美丽的地方，是吧？”他对马西亚说。

“眼前光秃秃一片，怎么不见树林呢？”

“等你走到通向夏凡侬的山坡，就会看见树林了。还是很大一片的树林，有大橡树、大栗树。”

“有栗子吗？”

“当然有！在巴伯兰妈妈的院子里，还有一棵曲里拐弯的梨树，可以当马骑。树上的梨子有这么大，真是好吃极了，你等着吧！”

雷米的情绪感染了马西亚，他也好像回到了出生的故乡。唉！对他来说，这还只能是想象和期望。

“如果你去卢卡，”他说，“我也会给你看很多漂亮的东西，你等着吧！”

“你和我一起来巴伯兰妈妈家，我当然要和你一道去看你妈妈和小妹妹克里斯蒂娜。如果她还是小姑娘的话，我还要把她抱在手里呢！她也是我的妹妹嘛。”

“噢，雷米！”

他是那样的感动，连话也说不下去了。

就这样，他们一路说着话，大步流星地走着，一直到了山顶。从山坡往下走，是一些弯弯曲曲的山坡小路，它们经过巴伯兰妈妈的房子，通向夏凡侬。

又走了几步，他们便到了当年雷米要求维泰利斯让他坐在护墙上再看一眼当时认为再也不会重见的巴伯兰妈妈的那个地方。

“拿着牛缰绳。”雷米对马西亚说着，一跃跳上护墙。山谷一点也没变，依然是原来的样子，在两个树丛之间，他看见了巴伯兰妈妈家的屋顶。

“顺着我的手看，”雷米对马西亚说，“那便是巴伯兰妈妈的房子，那是我的梨树，这边是我的菜园。”

一缕黄色的炊烟从烟囱上冉冉升起，由于没有风，这炊烟笔直地飘向天空。

“巴伯兰妈妈在家。”雷米兴奋地说。

一阵微风刮进树林，使烟柱摇晃起来。风把炊烟刮到他们脸上，雷米闻到了一股橡树叶的香味。

雷米从护墙上跳了下来，眼里含满泪水。

“快下山吧！”他说。

他们很快就来到了巴伯兰妈妈家的篱笆护栏前。

这时，篱笆门“吱呀”一声开了。

“谁在那呀？”巴伯兰妈妈在门槛前问。

雷米没有回答，看着她，她也看着雷米。

她的双手突然颤抖起来。

“天主啊，”她喃喃地说，“天主啊，这怎么可能呢？雷米！”

雷米向她奔过去，紧紧地搂住了她。

“妈妈！”

“我的孩子！这是我的孩子！”

足足有好几分钟，他们才各自擦干了眼泪，心情平静下来。

“真的！”她说，“要不是天天想你，我怕会认不出你了，你长高了，也长壮了。”

一声故意要憋住的、低低的叹息声让雷米想起马西亚还在身后。

“他叫马西亚，我的兄弟！”雷米介绍说。

“喔！你找到你的父母了！”巴伯兰妈妈叫了起来。

“不，我是说，他是我的伙伴、我的朋友。这是卡比，它也是我的朋友和伙伴。卡比，快向你师傅的妈妈敬礼！”

卡比两条后腿站立起来，一只前爪放在胸口，郑重其事地鞠了一躬，逗得巴伯兰妈妈开心地笑了起来，她眼睛里的泪水也就不见了。

忽然，奶牛“哞哞”地叫了起来。

雷米和马西亚再也忍不住了，不由放声大笑。

“这是我们特意送给你的礼物。”

“这真是一件意想不到的礼物！一件意想不到的礼物！”

“我不愿意两手空空回到妈妈身边来，她对她的小雷米——一个弃儿，是那样的慈爱。我想找一件最有用的东西送给她，于是，我和马西亚用自己挣的钱，在于塞尔的集市上买了这头奶牛。”

“啊！好孩子，我亲爱的孩子！”巴伯兰妈妈喊着，紧紧地搂着雷米。

“多么漂亮的奶牛！”

“你们真是好孩子！”

奶牛还在“哞哞”地叫。

“它是叫我们挤奶呢！”马西亚说。

雷米跑进屋去找那只擦得锃亮的白铁桶，把牛牵到牛栏里。

当巴伯兰妈妈看见雷米挤了大半桶冒着白沫的鲜牛奶时，真是高兴得无法形容。

挤完了奶之后，他们把奶牛赶到院子里去，让它吃草，他们自己也进了屋子。在雷米进屋找桶的时候，马西亚已经把奶油和面粉摆在桌子上最显眼的地方了。

巴伯兰妈妈看见这些新的意外礼物，自然又激动不已地赞叹起来，但雷米不得不打断她的话，对她实说：

“这些东西既是为了你，但也是为我们自己带来的：我们都快饿死了，真想吃奶油鸡蛋煎饼。”

“你知道巴伯兰去哪了吗？”巴伯兰妈妈问雷米。

“不知道。”

“他到巴黎去了。”巴伯兰妈妈说，“是为了一件和你有关的事。”

“为了我？”雷米吓坏了。

巴伯兰妈妈看了马西亚一眼，没有回答，她好像不愿意当着马西亚的面说。

“哎，你可以当着马西亚讲。”雷米说，“我对你说过，他就是我的兄弟，一切与我有关的事，同样也与他有关。”

“这话说来长着呢！”她说。

“巴伯兰不久就该回来了吧？”雷米问。

“啊！不，不会。”

“那就不用着急了，我们先做煎饼吧。巴伯兰去巴黎，这件事与我有

什么关系，以后告诉我好了。还有鸡蛋吗？”

“没有，我已经不养母鸡了。”

“我们没有带鸡蛋来，怕在路上碰碎了。不能去借几个来吗？”

妈妈好像有点为难。

“那我去买好了。”雷米说，“你先用奶和面吧。在索盖家能找到鸡蛋，是吗？我这就去。叫马西亚给你劈柴火烧。”

在索盖家，雷米买了一打鸡蛋，又买了一小块肥肉。

“唉，你呀！”巴伯兰妈妈说，她使劲搅拌着面糊，“你是个好孩子，可为什么一直不给我写信？你知道，我常常以为你已经死了。我想，要是雷米还活在人世，他一定会给他的巴伯兰妈妈写信的。”

“巴伯兰妈妈，你不是单身呀，同你在一起的，还有一个巴伯兰爸爸，而且他还是这个家里的主人，那天不正是他用四十法郎把我卖给一个老乐师的吗？”

“不说这些啦，我的小雷米。”

“我不是抱怨，我是向你解释我不敢给你写信的原因，我害怕人家发现我在那里后，又要把我卖掉。这就是为什么我失去了我那可怜的老师傅以后，一直没有给你写信的原因。”

“啊，老乐师死了？”

“是的，我哭了很久！我今天能懂得一些事理，能自己谋生，全亏了他。在他以后，我又碰到了一些好人，他们收容了我，我在他们家里干活。但是，如果我写信告诉你，那个人不是又要来找我、或者向这些好人要钱了吗？”

“哦，我明白了。”

“我不敢给你写信，并不是因为我不想念你。当我遭到不幸的时候，唉，你知道吗，我曾经遭到过几次非常可怕的不幸，我就在心底呼唤巴伯兰妈妈能来救我。现在总算盼到了这样的一天，我能自己做主了。我没有马上回来，是想送一头奶牛给你。为了凑足这笔钱，我们要沿途卖艺，饱受痛苦，忍饥挨饿！难道不是这样吗，马西亚？”

“我们每天晚上都数钱，不仅看白天挣了多少，还要看已经积攒了多少，看它是不是在增加。”

“啊！你们真是好孩子，好小伙子！”

巴伯兰妈妈一边搅拌着面糊准备做煎饼，一边用袖子抹眼睛。马西亚劈木柴的时候，雷米已经把盘子、叉子和杯子都拿到桌子上摆好，然后到泉边去打了一罐水。

巴伯兰妈妈把煎锅放在火上，用刀挑起一小块黄油送进锅里，黄油立刻融化了。

“味道真香！”马西亚叫了起来，他凑过去把鼻子放在炉火上面，竟然一点也不怕被烧着。

黄油发出“吱吱”的响声。

不一会儿，煎饼做好了。

“真香啊！”

马西亚吃饱后，到院子里去了，屋里只剩下雷米和巴伯兰妈妈。

“好像你家里人在找你。”巴伯兰妈妈边吃边说。

“我的家人？”

“对，你的家，我的雷米。”

“我还有个家？我能有一个家吗？巴伯兰妈妈，我不是一个弃儿吗？”

“你家人现在正在到处找你，你应该相信，他们当初并不是自己愿意把你扔掉的。”

“谁在找我？啊！巴伯兰妈妈，说吧，快点说来听，求求你啦！”

“那天，我正在面包房干活，一个男人，应该说是一位先生，走进我们家，巴伯兰这时刚好在屋里。‘您就是巴伯兰吗？’那位先生问，听口音不像是本地人。‘对，就是我。’巴伯兰说。‘是您在巴黎的勃勒得依大街捡到过一个孩子，又把他养大的吗？’‘是的。’‘请您告诉我，这孩子现在在什么地方？’‘这关您什么事？’巴伯兰反问他。

“这位先生不是你的父亲，他是受了你家庭的委托，到处调查，寻找你的。”

“那我的家在什么地方？这个家又是什么样子？我有父亲和母亲吗？”

“我跟你一样，也这样问巴伯兰，他说他什么也不知道。后来他又说

要去巴黎寻找那位把你租去的乐师，说这位乐师给过他一个在巴黎卢尔辛街上的地址，是一个叫做伽罗福里的乐师的地址。我把这些名字都记得很清楚，你自己也记一记。”

“我认识他们，你放心好了。巴伯兰走了以后，他没有再让你知道什么消息吗?”

“没有，他可能还在找。那位先生给了他一百法郎，那是五个金路易。这一切，加上我们把你抱来时候包着你的那些漂亮的襁褓，都说明你的父母是有钱人。”

这时，马西亚从门口经过，雷米叫住了他。

“马西亚，我的父母在找我，我有家了，一个真正的家。”

奇怪的是，马西亚看上去没有像雷米那样高兴和激动。

亲情与友情

当晚，雷米又躺在了他儿时睡过的床上。在这张床上，他曾经度过了无数个美好的夜晚，同样也有无数个黑夜！当雷米露宿在星空下，忍受着刺骨的寒风时，他是多么怀念这暖和的被褥啊！

近几天来一直长途跋涉，雷米实在是太累了，很快就进入了梦乡。他梦见了他的家庭、父母和兄弟姐妹。奇怪的是：马西亚、丽丝、巴伯兰妈妈、米利根夫人和阿瑟都同他是一家人。维泰利斯成了他的父亲，他复活了，还很有钱。在他们离别期间，他找回了泽比诺和道勒斯，它们没有被狼吃掉。

当他醒来的时候，觉得自己依旧是和梦中的人在一起，好像和他们共度了一个夜晚一样。

幻觉逐渐消失了，应该回到现实了。

雷米想：家里的人在找我，而我也要找到家里的人，唯一的办法，是先去找巴伯兰。

巴伯兰在什么地方？住在哪里？巴伯兰妈妈不清楚，她只知道巴伯兰住的客栈老板的姓名。

可如果去巴黎，就不能去看艾蒂奈特和丽丝了。一时间，雷米不知道该到哪去。

第二天早上，巴伯兰妈妈、马西亚和雷米三个人围着火炉进行商量，明亮的火焰煮着奶牛产出的牛奶。

“该立即去巴黎，”巴伯兰妈妈说，“你父母在找你。越快越好，好让他们放心。”

马西亚对这种决定并不赞同。

“我认为，”他终于开口了，“有了新的，不该忘记旧的。到今天为止，你的家，应该有丽丝、艾蒂奈特、亚历克西和邦雅曼，他们曾经是你的兄弟姐妹，他们都爱你。可是，现在出现在你面前的这个家并没有为你做过什么事。可是你，一下子为了这个突然出现的家，却抛弃了那个对你那么好的家，我觉得这样做是不公平的。”

“不应该说是雷米的爸爸妈妈把他抛弃的，”巴伯兰妈妈插话说，“可能是坏人偷走了他，雷米的爸爸妈妈大概一直都在为他伤心流泪，一直在寻找他呢。”

“这就说不清楚了。我只知道阿根老爹在他的门口救了快断气的雷米。他把雷米当做自己的亲生儿子来照料，亚历克西、邦雅曼、艾蒂奈特和丽丝一直把他当做亲兄弟一样疼爱，他们并不欠雷米什么账。”

“马西亚讲得有道理，但我还是决定先不去看艾蒂奈特，”雷米说，“因为那样兜的圈子太大了；再说，她会写会念，我们可以通过书信和她互通消息。可是去巴黎以前，我们要顺道去德勒齐看看丽丝，丽丝不识字，也不会写信。”

“行！”马西亚笑了。

他们商定明天出发。雷米费了半天的工夫写了封长长的信给艾蒂奈特，向她解释不能像原先打算的那样去看她的原因。

到了第二天，雷米又一次忍受了离别的痛苦。

“我的小雷米，”巴伯兰妈妈对他说，“任何东西都不及你买的那头奶牛好。用上你所有的财富，也不能使我得到比你在贫困时给过我的快乐更多的幸福。”

雷米和马西亚终于又走在了大路上，背着小包，卡比走在他们前头。他们大步向前走着，雷米想快点赶到巴黎，总是不知不觉地把步子越迈越大。

马西亚跟在他后面赶了一段路程后说：“照这样下去，用不了多久，我们两个人就要精疲力竭，连一步路也走不动了。”

听了马西亚的话，雷米放慢了脚步，但过了不多久，雷米的步子又快了起来。

“你真性急。”

“我总觉得你也应当着急才好，我的家不也是你的家吗？”

他摇摇头。

“难道我们不是兄弟吗？”

“现在是，可是，明天你就成了阔少爷了，我依然是穷小子一个。你父母会送你进学校，你会有老师，而我将只能独自走我的路。我会想着你的，希望你也能想着我。”

“啊，我亲爱的马西亚！你怎么能这样说话呢？”

“我怎么想就怎么说。啊，我亲爱的朋友。我们快要分别了，这就是为什么我不能分享你的快乐的原因。从前我幻想着，甚至做过多少次美梦，以为我们可以和现在一样，永远在一起。哦，我说的永远在一起，并不是说我们两个人将永远像现在这个样子。我们将一起努力奋斗，将一起成为真正的音乐家，在懂行的观众面前演奏，永远不分离！”

“将来会这样的，我的小马西亚。你和我将永远在一起学习，一起成长，我们将永远在一起。”

“你的心情，我是十分清楚的，可是以后你不可能像现在一样什么事都由自己做主了。”

“你真傻。”

“也许是。”

假使他们用不着为每天的面包去挣钱，雷米是会不顾马西亚的劝告继续加快步伐的。然而，他们必须在路旁的各个大村庄进行表演。

他们不得不走涅夫勒省的克勒兹这条路，这比他们原来想的多花了不少的时间。从夏凡依到德勒齐，他们经过了奥布尔松、蒙吕松、摩伦和德西兹。

除了每天要吃的面包外，他们还用自己辛苦挣来的钱买了一个洋娃娃，准备送给丽丝。

他们急速地往前赶路。从夏蒂荣开始，他们沿着运河河岸行走。绿树成荫的两岸，静静的河水以及在水面上徐徐滑行的游艇，让他想起了与米利根夫人和阿瑟在运河上航行的快乐日子。他们现在在哪儿呢？也许米利根夫人带着病愈后的阿瑟回到英国去了，这是可能的。但是，当他沿着尼维奈尔运河的河岸行进时，每发现一只船他总还是要情不自禁地问问自己："向我们迎面驶过来的是不是'天鹅号'？"

已经到了秋天，白天的行程要比夏天短。尽管他们加快了脚步，但到达德勒齐的时候，天色已经很晚了。

要到丽丝姑妈家里去，他们只要沿着运河走就行了。卡德琳娜姑妈的丈夫是船闸管理人，他看守闸门，住在船闸湾的一间小屋里。他们很快就找到了这间房子，它在村庄的边缘上，坐落在一片草地中间，四周有高大的树木；从远处看去，这些大树的树冠好像在雾中飘摇。

他们向这所房子走去，雷米的心剧烈地跳动。屋内的壁炉里生着一堆火，火光把窗子照得透亮，不时忽闪出红色的火光，照亮了房前的路。

他们走近屋子，看见门窗是关着的。透过既没有百叶窗也不挂窗帘的窗户，雷米瞥见丽丝坐在餐桌前，她的姑妈坐在旁边，丽丝的对面坐着一个男人，背对着窗户，可能是她的姑父。

"他们正在吃晚饭，"马西亚说，"来得正是时候。"

雷米用一只手示意马西亚不要说话，并命令卡比静静地待在他的身后。雷米解下竖琴的带子，准备演奏。

"哦，是的。"马西亚压低声音说，"弹一支小夜曲，这是个好主意。"

"不，你别忙，先让我一个人弹。"

他弹起了那支那不勒斯歌曲的第一部分。

丽丝猛地抬起头，眼睛发出闪电般的光芒。这时，雷米开始唱歌了。

丽丝立刻从椅子上跳下来，朝门口急跑过来。雷米还没有来得及把竖琴交给马西亚，她已经扑进雷米的怀中。

意想不到的情况

雷米和丽丝有说不完的话。当然，他们只能用他们的“语言”才能互相对话，可惜这种语言能表达的意思又实在太少了。

丽丝急着要讲她在德勒齐安身以后怎样受到她的姑母、姑父宠爱，她怎样钓鱼、怎样乘船游玩、怎样在大树林里奔跑。雷米说话的时候，丽丝不断地向他投来钦佩的目光。

天下没有不散的筵席。他们又该分手了，因为雷米必须尽快赶到巴黎。

“到时候，我会坐着四轮马车来接你。”分手时，雷米这样对丽丝承诺。

在乘马车从巴黎来德勒齐以前，必须用腿走完德勒齐到巴黎的这一段路程，沿途还得挣够每天的生活用钱。

经过几天的跋涉，雷米终于回到了巴黎。

那天，天气又阴又冷，没有阳光；大路两旁的人行道上没有鲜花，也没有任何青枝绿叶。然而，雷米的内心却有着说不出的喜悦。

马西亚随着他走近巴黎，心情变得越来越忧郁了。

“你知道在进巴黎的时候，我想到谁了吗?”

“谁呀?”

“我想的是伽罗福里，他从监狱里出来了吗？我们要在摩达弗街寻找巴伯兰，这正好就在伽罗福里住的那个区。万一叫他碰上了，我们会被

他逼得不得不分开的，那以后，我们大概再也见不着了。”

“那你想怎么办呢？”雷米问他。

“我想，只要我不去摩达弗街，也许就能避开这场灾难。”

“那好，我一个人去，我们今晚7点钟在圣母院大教堂前碰头。”

他们在意大利广场分手后，雷米径直去摩达弗街找巴伯兰住的康塔尔旅馆。

经过卢尔辛街时，雷米打听到伽罗福里还有三个月才能出狱。这样马西亚可以松口气了。

雷米一边想着，一边满怀希望和喜悦，径直向康塔尔旅馆走去。由于这种情绪，他已经对巴伯兰采取了宽容的态度：“巴伯兰并不像他表面上那样可恶，要不是他，我大概早就冻死、饿死了。苦难常常使人干坏事，对他要求太苛刻，是不公道的；再说，他正在找我、关心我，如果我能重新找到我的父母，那我还是应当感谢他的。”

从植物园穿过去，雷米很快来到了康塔尔旅馆。这里的主人是一个脑袋摇晃得很厉害、耳朵半聋的老妇人。

“这住过一个叫巴伯兰的人吗？”雷米向她描述了巴伯兰的相貌。

“我的耳朵有些背。”她说话时声音很低。

“我想见巴伯兰，夏凡依来的巴伯兰，他住在您这里，是吗？”

她没有回答，突然向空中举起双手。

“天哪！天哪！”她喊叫起来。

然后，她的眼睛盯着雷米，头摇得更加厉害了。

“您是那小孩子？”她问道。

“哪个小孩子？”

“他要找的小孩子。”

“巴伯兰！”雷米喊了起来。

“不，应该说已故的巴伯兰，他已经死了。”

“他死了？”雷米的心一下子抽紧了。

“一个星期前死的，死在圣安托万医院里。”

“巴伯兰死了！”雷米无法相信，“那我的家呢？现在我要到哪里去找我的家呢?”

“那么您就是那个孩子?”老妇人继续问雷米,“就是他在寻找的、要送还到您那有钱的家庭里去的孩子?”

雷米又有了一线希望。

“您还知道些什么呢?”他问。

“我只知道他讲过的,这个可怜的人!他说他捡了个孩子,又把他养大了;而现在这个孩子的家庭想把他找回来。他就是为了这个原因才到巴黎来的。”

“那家人家呢……”雷米急促地问,“我的家人呢?”

“除了我刚才给您说的以外,我什么都不知道。我的孩子,我还是叫您少爷吧。”

这时候,一个女仆打扮的人走进了屋子,康塔尔旅馆老板娘把雷米搁在一旁,对这个女仆说:

“真是一个大玩笑!这个年轻小伙子,也就是你现在见到的这位少爷,就是巴伯兰常说到的那个孩子。现在他来了,可巴伯兰却不在人世了。真是……真是一个大玩笑!

“哦,事情是这样的,巴伯兰严守秘密,想把酬金一个人独吞,这种事情总是这样的,更何况是像他这样的老狐狸。”

“唉。”雷米明白了。这个巴伯兰!他死的时候把雷米出身的秘密一起带走了。

“您是否知道,巴伯兰还对谁讲过这件事?”雷米问老妇人。

“他收到过一封信,”老妇人想了半天才说,“是一封保价信。”

“从哪寄来的?”

“不晓得,是邮差当面交给他的,我没有看到邮戳。”

“您能找到这封信吗?”

“他死了以后,我们在他的遗物中没有找到任何东西。要不是他自己说过是夏凡依人,人家还真的没法通知他的妻子呢。”

“这么说已经通知巴伯兰妈妈了?”

“当然!”

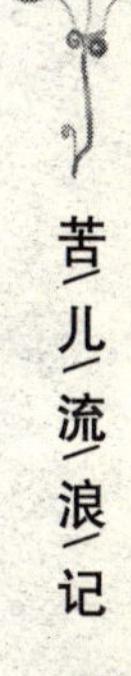

雷米失望地向门口走去。

“您这是去哪儿呀?”老妇人问雷米。

“去找我的朋友，我们早上一起到巴黎的。”

“他住在巴黎?”

“我们是今天早上一起到巴黎的。”

“那好，您知道，如果你们没有旅店住，可以住在我这里。你们会感到我这里是很合适的。”

“我和我的朋友在您这里租一间房要多少钱?”

“十个苏一天，贵吗?”

“那好，晚上我们再来。”

在回来之前，必须先和马西亚碰头。现在离他们约定的会面时间还有好几个钟头，他不知道该做些什么，只好一个人闷闷不乐地走进植物园，找了个僻静的角落，一屁股坐到一张长凳上。

雷米又一次掉进了万丈深渊。

“难道这是命里注定的吗?在需要巴伯兰的时候，他偏偏死了，而且在一种蓄意独吞一笔钱财的意图下，他把某一个人的姓名和地址向所有的人都隐瞒了起来。这某一个人可能就是我的父亲，然而，正是我的父亲托他寻找我的呀!”

雷米愈想愈难过，眼睛里充满了泪水。这时，他看见一位先生和太太带着一个手里拖着木头车的孩子走了过来，他们坐在雷米旁边的一张长凳子上。不一会儿，父亲一把搂住孩子，把他抱起来，在他的头发上亲了又亲，甚至发出了声音，然后交给他母亲。母亲用同样的方式把孩子亲了好多次。孩子用胖胖的小手拍打着父母的脸颊，发出无忧无虑的幸福的笑声。

看着这一切，看着这对父母和孩子在一起的欢乐情景，雷米的眼泪不禁夺眶而出:我从来没有被自己的父母这样抱在怀里亲过，难道我现在还能期望得到我从未得到过的这种爱吗?

他忽然产生了一个念头:拿起竖琴，为那小孩轻轻地演奏起一支华尔兹舞曲。很快，那孩子边听，还边用他的小脚踏着拍子。那位先生朝他走过来，递给他一枚银白色钱币，雷米很有礼貌地谢绝了。

“不，先生，我只希望让您这么漂亮的孩子玩得高兴。”

7点钟不到，雷米就来到了圣母院大教堂。一会儿，马西亚带着卡比也到了。

“怎么样了?”他老远就大声问他。

“巴伯兰死了。”

听了雷米的诉说，他显得很忧伤。这使雷米内心感到温暖，尽管马西亚害怕雷米找到父母后会与他分离，但是为了雷米，他真心诚意地希望雷米能找到父母。

“如果你的父母已经找过巴伯兰，他们现在一定会由于打听不到他的消息而感到不安，也一定会去寻找他的下落的。康塔尔旅馆是他们一定会去的地方，这是迟早的事，咱们就在这家旅馆住下吧。”

雷米稍微平静下来之后，就将他听到的关于伽罗福里的消息告诉了马西亚。

“还有三个月!”他喊了起来，高兴得又跳又唱。

他们沿着塞纳河来到了康塔尔旅馆，怀着梦想睡下了。

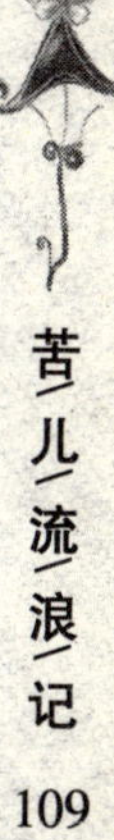

柳暗花明

一连三天都没有任何新消息，雷米一筹莫展。这天，老板娘送来了巴伯兰妈妈的信。她已收到关于巴伯兰的死讯，在更早一些的时候，她收到她男人的一封信。她现在把这封信寄给雷米，因为那上面有关于他家庭的情况。

“快，快!”马西亚大喊起来，“快念巴伯兰的信!”

雷米怀着紧张不安的心情，用颤抖的手打开了这封信：

亲爱的夫人：

我正在医院里，病得很重，看样子已无法治愈。如果我有气力，首先应该告诉你我是怎样病倒的，但现在应该立刻办最要紧的事情，那就是：如果我当真在劫难逃的话，那么，我死以后，你立刻给下面这两个人写信，一个叫格莱斯，另一个叫伽雷。他们的地址是伦敦格林广场林肯小旅馆，他们是负责寻找雷米的律师。告诉他们，只有你一个人能向他们提供孩子的消息。你办这件事时，要多动脑筋。让他们明白，必须先付给你一大笔钱，才能从你手里买到这个消息；这笔钱至少应该能使你幸福地度过晚年。至于雷米的下落，你只要给一个名叫阿根的人写封信，他就会告诉你的。阿根过去是花农，现在在巴黎克里希监狱里吃官司。凡是你写出去的信，都应该让本教堂神父先生代笔。在这件事情中，你什么人都不要相信。

最重要的是，在没有确知我已经死去之前，你先什么事也不要管。

巴伯兰

雷米还没有念完最后一句话，马西亚已经跳着站了起来。

“到伦敦去！”他喊道。

“我们立刻就去！”雷米也说。

几分钟后，他们就打好背包出发了。

开往伦敦的船于第二天凌晨4点钟起航。他们3点半就上了船，找了个背靠木箱的地方坐了下来，等着起程。

雷米常常对马西亚说，没有什么比乘船更舒服的了。它在水面上轻轻滑动，你感觉不到它走了多远的路，真是妙不可言！

雷米说这些话的时候，总是想着“天鹅号”在南运河上的航行。殊不知大海并非运河，他们才驶出防波堤，船仿佛一下子向海底沉去，然后它又升了上来，接着又向更深的水底沉去。他们就像踩在一块硕大无比的秋千板上，连续大起大落了四五次，船身在剧烈地摇动、颠簸。

突然，好久不说话的马西亚一下子直起身子。

“你怎么啦？”雷米问他。

“我感到颠得太厉害，有点恶心。”

“是晕船。”

“没错，我想是的。”

几分钟以后，他急急忙忙地跑向船边，趴在船舷上一阵呕吐。

可怜的马西亚，他多么难受啊！他呻吟着，不时站起来匆匆跑过去扶着船舷，几分钟后又跑回来蜷缩在雷米的怀里。

第二天天刚亮。尽管晨雾弥漫，然而，耸得老高的白色峭壁和水面上的那些看上去纹丝不动的、星星点点的不挂帆的小艇都已清晰可见，甚至可以远远地看到林木逶迤的两岸。他们进入了泰晤士河。

“我们到英国啦！”雷米对马西亚说。

但他对这个消息并没表现出太大的热情，依旧直挺挺地躺在甲板上。

雷米整理了一下马西亚躺着的地方，使他尽可能舒适些。然后爬到

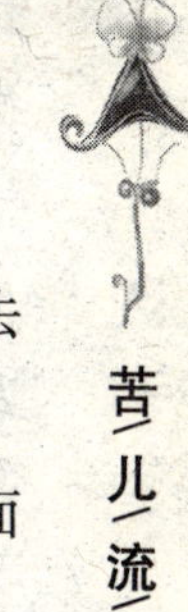

木箱的最高一层上，卡比趴在他的两腿之间。

随着汽轮向河的上游驶去，景色变得愈来愈新奇，愈来愈美丽了。

雷米睁大眼睛，出神地观赏着。

泰晤士河两岸的房子一幢挨着一幢，在河的两岸呈现出一条红色的、长长的行列。这时，天色变得阴暗起来，天空出现了一层由烟和雾掺和后形成的屏障。在这层屏障里，究竟是雾还是烟更多一些，谁也无法知道。雷米再也按捺不住了，马上去找马西亚。他冲下“瞭望台”，马西亚还在老地方。他醒了，不再是萎靡不振的样子，晕船的感觉已经过去了，他一跃而起，和雷米一起爬上了木箱，注视着眼前那迷人的景象。

汽轮终于减速了，机器接着停了下来，缆绳被扔到了岸上。伦敦到了，他们夹在人群中下了船。

“我的小马西亚，该是你用英语的时候了。”

马西亚片刻也不犹豫，信心十足地走到一个长着棕红色胡子的胖子身旁，把帽子拿在手上，彬彬有礼地问他去格林广场的路。

马西亚很快回来了。

“很容易，”他说，“只要沿着泰晤士河走就行了，我们可以顺着沿河的马路走。”

然而，伦敦是没有沿河马路的，起码在那个年代还没有，房屋都是径直建筑在大河边上的。他们只好向着那些看来像是沿河马路的临河小街走去。

走了一段路后，他们在一幢挂有格莱斯和伽雷名字的事务所门前停住了。

马西亚走上前去要拉门铃，雷米拦住了他。

“你怎么啦?”他问雷米，“你的脸色这么苍白。”

“等一等，让我定一定神。”

他拉响了门铃。

他们走进了一间办公室，看到在几盏“嘶嘶”叫着的煤气灯下，有两三个人正俯身在办公桌上埋头写着什么。

马西亚向其中的一个人讲了几句话，屋里的人都抬起头来看着他们。

那个和马西亚讲话的人推开椅子站了起来，为他们打开了一扇门。

有一位先生坐在办公桌前，另一位穿着袍子、戴着假发的先生站在那里，手里拿着好几个卷宗，他们正在说话。

送他们进去的那个人简单地介绍了一下，两位先生的四只眼睛就同时把雷米和马西亚从头到脚打量了一番。

“你们中间谁是巴伯兰养大的?”坐着的先生用法语问。

听到他讲法语，雷米一下子就感到放心了，向前走了一步，回答道：

“是我，先生。”

“巴伯兰在哪儿?”

“他死了。”

两位先生马上相互看了一眼，戴假发的那位就抱着他的卷宗出去了。

“那你们是怎样到这里来的?”那位坐着的先生继续问下去。

“我们徒步走到布洛涅，再从布洛涅乘船到伦敦，我们刚下船。”

“巴伯兰给你钱了吗?”

“我们没有见到巴伯兰。”

“那你们是怎么知道应该到这里来找我们的?”

于是，雷米尽可能简要地讲述了他的经历。

雷米讲的时候，那位先生做着记录。

“这个孩子是谁?”他用笔尖指着马西亚问，好像要用一支箭把人射穿一样。

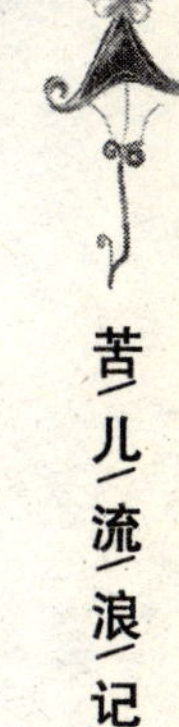

“是我的朋友、同伴、兄弟。”

“嗯，很好，是在马路上流浪的时候结交上的，对吗?”

“是我最亲密、最真挚友爱的兄弟。”

“对此，我并不怀疑。”

“先生，我的家在英国吗?”

“当然，还在伦敦，至少目前是这样。”

“我马上就能见到我的家人吗?”

“用不了多久，您就会见到了，我派人带您去。”

他拉响了铃。

“对不起，先生，我还有一句话要问，我有父亲吗?”

“不但有父亲，还有母亲和兄弟姐妹。”

“啊！先生……”

门开了，打断了雷米的话。雷米用满含泪水的眼睛看着马西亚。

那位先生用英语和进来的人说了几句话。

雷米站了起来。

“我差点忘了,”那位先生说，“您姓德里斯科尔，这是您父亲的姓。”

雷米快乐得真想跳起来去搂他的脖子。这时，他用手给他们指了指门，示意他们可以出去了。

归 家

带领雷米去寻找父母的那个人是个干瘦的小老头。

他们坐上一辆马车，穿过一个又一个小巷，最后在一个叫红狮院的地方停了下来。

雷米和马西亚被带进一间空荡荡的房间，里面点着一盏灯，炉上燃着煤火。

在炉火前，有一张草编的安乐椅，上面坐着一个头戴黑色软帽的白胡子老人。他像一尊雕像，坐在那里一动也不动。另外有一男一女面对面地坐在一张桌子的两头。男的有40岁左右，穿一身灰丝绒服装，他的面孔显得聪明而冷酷；女的看起来比他要年轻几岁，一头金发垂在一块交叉系在胸前的黑白方格披肩上，她的眼睛呆滞无神。屋里还有四个孩子，两男两女，都是金黄色的头发，就像他们母亲的亚麻色金发一样；最大的孩子看上去有十一二岁，最小的女孩大约只有三四岁的样子，正在地上蹒跚地学走路。

瘦老头对屋里的人讲了几句话，于是屋里所有人的眼睛都转过来盯着雷米和马西亚。

“你们俩谁是雷米？”穿灰丝绒套服的那个人用法语问他们。

雷米向前走了一步。

“我是。”

“那好，孩子，亲亲你的爸爸吧！”

雷米从前只要一想到这个时刻，总以为会感到一股把他不由自主地推向父亲怀抱的强烈激情。可现在，他却没有感觉到这股激情，但他还是走上前去吻了吻父亲。

“现在，”他对雷米说，“该亲亲你的爷爷、妈妈、兄弟和姐妹了。”

雷米走上前和他们一一亲吻，当走到小妹妹跟前时，他想抱抱她，可是她正一门心思地抚摸卡比，一手把他推开了。

当他从他们跟前挨个走过去的时候，不由得对自己感到生气：“唉，这是怎么啦？我终于回到了自己的家里，却没有感到什么快乐。我有了父亲、母亲、兄弟姐妹，还有祖父，我和他们团聚了；但我心里为何还是冷冰冰的？我曾经那么焦急地等待着这一时刻，我将要有个家，我将要有亲爱的父母，我们将会相亲相爱地在一起；然而，现在我却用审视陌生人的眼光看着他们，这是怎么啦？”

这种想法使他感到羞愧。于是他走到母亲面前，又一次紧紧地拥抱她，热烈地亲她。也许她并不明白出现在他身上的这股激情的缘由，她没有用亲吻和拥抱来回答他，而是用无动于衷的神情看着他，然后稍微耸耸肩，对她的丈夫说了几句雷米听不懂的话，但她丈夫笑得很起劲。这个一脸的冷漠，那个一脸的讪笑，使雷米心痛得再也无法忍受。

“这个人是谁呀？”父亲指着马西亚问雷米。

雷米向他解释是一种什么关系把他和马西亚联系在一起的，同时又极力说明自己还欠着马西亚的许多恩情。

“很好。”父亲说，“他是想到这里来旅行几天吧？”

雷米正要回答，马西亚却打断了雷米的话。

“是这样。”他说。

“巴伯兰呢？”父亲问，“他为什么没有来？”雷米告诉他巴伯兰死了，他们是在夏凡侬从巴伯兰妈妈那里得知父母的消息的。

“你不懂英语吗？”父亲问雷米。

“不懂。我只懂法语，还懂一些意大利语，那是跟一个师傅学的，巴伯兰把我卖给了他。”

“是维泰利斯？”

“您知道他？”

“前段时间我去法国找你的时候，巴伯兰跟我说起过他的名字。你一定觉得很奇怪，也很想知道我们为什么十三年没有找你，而现在又突然想起要去找巴伯兰的原因吧？”

“啊！是的，说实话，我非常非常想知道。”

“那你到火炉边上来，我讲给你听。”

进屋的时候，雷米已经把竖琴靠在墙边，现在他解下背包，坐在了火炉边上。

“你是我的长子，”父亲说，“是我和你母亲结婚一年后生的。当我娶你母亲的时候，有一个姑娘本以为我会娶她做妻子的。这场婚姻使她怀着疯狂的仇恨，她把你母亲当做她的敌手。为了报复，正好在你满六个月的那天，她把你偷走了，并且带到了法国，扔在了巴黎的街头。凡是有一线希望的地方我们都找过了，就是没有到巴黎去找。我们找不到你，便以为你已经死了。直到三个月前，这个女人得了绝症，她在临终之前说出了这个秘密。我们立刻动身去了法国，到那个扔掉你的地方所属的警察局去了解情况。在那里，人们告诉我，说你现在是克勒兹的一个泥瓦匠的养子，是他捡到了你。我又立刻赶到夏凡侬。巴伯兰对我说，他把你租给了一个叫维泰利斯的流浪乐师，你和他一起走遍了法国。我委托巴伯兰，并给了他钱，让他去巴黎找你；同时，我又嘱咐他，当他找到你之后，就通知我的律师格莱斯和伽雷先生。就这样，我的孩子，你现在被重新找到了。十三年以后，你又在家庭里重新占有了你的位置。我懂得，你有些惊惶不安，因为你不了解我们，听不懂我们说些什么。同样，你也没法让别人明白你的话，但我希望你很快就会习惯起来。”

“是的，我很快就会习惯的，因为这是自然的。既然我现在是在自己的家里，今后和我一起生活的将是我的父母、兄弟和姐妹，那么，一切不是很快就会习惯起来了吗？”

说话间餐具已经摆上桌子。那是些蓝花盘子，在一个金属盘里，有一块烤牛肉，周围放了些土豆。

“饿了吧，孩子们？”父亲问马西亚和雷米。

马西亚露出了一口洁白的牙齿。

“好了，上桌吃饭吧！”父亲说。

他开始切烤牛肉，给他们每人好大一块牛肉，还加了些土豆。

吃过晚饭，父亲让雷米和马西亚去睡觉。他们睡的床就是主人房间隔壁车库里的旧马车，马车里设有上下两个铺位。父亲把他们分别安置在床上后，从外面上了锁。这样，他俩除了睡觉，已别无选择了。

谜　团

雷米躺在窄小的床铺上反复思考着这一天发生的事情，同时听见睡在上铺的马西亚也在不断地翻身。

“你还没睡着吗?”雷米小声问他。

“是的。”

“不舒服吗?”

“不，我自己倒没有什么，只觉得周围的东西有点不大对头。它们好像在旋转，一忽上来，一忽下去，就像我现在还在船上似的。”

随着时间一分一分地过去，一种莫名其妙的恐惧感突然袭上雷米的心头。

因为听不到报时的钟声，雷米不知道是什么时间了。这时，他们库房门上发出了很大的响声，在几声有规律的、间歇的敲打后，一束亮光射进了他们的车子。这时，靠在雷米床铺前睡着的卡比也被惊醒了，发出了低沉的吠声。雷米发现亮光是从他们车身板壁上的小窗子照进来的，他们的双层铺就贴着这扇小窗。为了不让卡比把院子里的人都惊醒，雷米用手捂住了它的嘴，然后拨开一点窗帘，朝外面望去。

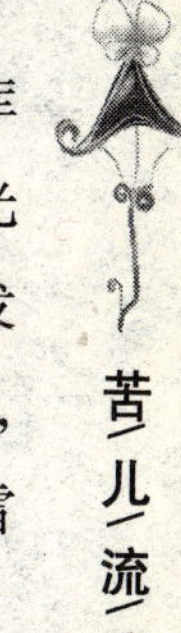

他看到父亲悄悄进入库房，灵活地打开了临街的那扇门，放进来两个人，他们肩上都扛着沉重的包袱。接着，他又轻手轻脚地把门关上了。

他用一个手指压住嘴唇，用另一只提着一盏灯的手朝雷米他们睡觉的车子指了指，示意不要弄出声响把他们惊醒。他提在手里的那盏灯，

是一盏有意用东西遮住了亮光的幽暗的灯。

雷米的父亲帮那两个人把包裹从肩上卸下来，接着出去了一会儿，但很快又和他母亲一块进来了。在他离开的时候，那两个人打开了他们的包裹。一个包裹里装满了各种布料；另一个装着各种针织品，好像是毛衣、裤子、袜子和手套这类的东西。

父亲将这些货品逐件放在灯光下查看，每看完一件递给母亲。母亲手里拿着一把剪刀，把从货品上剪下来的标签放进她的衣服口袋里。

这件事使雷米感到很古怪。而且，在这种时候做买卖也有些不大对劲。

包裹里的东西被仔细检查完毕后，他的父母就和那两个人一起离开库房进了屋子。周围重新变得黑暗一片。显然，他们是结账去了。

过了一会儿，父亲拿过一把扫帚，敲了一下地板。奇怪，有块地板一敲就自动弹了起来，下面是一个深洞。父亲把两个大包袱丢下洞，然后，又把那块木板盖上，用扫帚把四周的土扫匀。雷米从头看到尾，他强迫自己相信，刚才看到的一切都是最正常不过的事了。然而，尽管他的愿望是如此善良，却不能说服自己。为什么这两个人不走红狮院的大门呢？他们为什么要鬼鬼祟祟的呢？

雷米整整一夜就这样呆呆地想着，直到附近的公鸡报晓时他才睡着。然而，那是一种昏沉的、心悸的、做着噩梦的睡眠，这些噩梦使他害怕得连气都喘不过来。

不知过了多久，一阵开锁的声音把他吵醒了，他们的车库门被打开了。马西亚好像也没睡好，两只眼睛红红的。

吃完早餐，马西亚就示意雷米出去散步。

两人来到一个公园的僻静处，马西亚对雷米说：

“雷米，你昨天都看到了吧？”

雷米听了，面孔立刻红起来。原来马西亚也醒着，也看到那件事的经过了。

“你想他们是在做什么？”马西亚问。

“我想……”雷米垂下眼皮，一句话也说不出来。

“他们做的是坏事，你父亲是小偷！”

“马西亚，不许你说我父亲的坏话！”

“我有确切的证据，卖货的那两个人，他们的货不是买来的。昨天晚上，你父亲责怪他们为什么不敲屋子的正门，而去敲库房的门。他们回答说，警察正在注意他们。”

“这就全明白了，你应该离开。”雷米对他说。

“如果我离开，你也同样该离开。我们俩哪一个留在这里都没有好处。”

“我办不到！我父母对你来说，可能毫无意义，也毫无价值，你也不欠他们什么；而我呢，他们是我的父母，我应该留下，和他们在一起。”

“你的父母？可是雷米，他要不是你的真正父亲呢？”

雷米猛地站了起来，用命令的、不再是恳求的口吻喊道：

“别说啦！马西亚，我不许你这样说话！”

马西亚摇摇头，看着雷米说：

“你长得一点也不像你的双亲，而且那些孩子也没有一个和你长得相像的。”

“这并不能说明问题，因为世界上父亲和儿子长得不像的人很多。”

“可看上去你的双亲对你一点情感都没有，他们对你是冷冰冰的。你应该给巴伯兰妈妈写封信，让她告诉我们这是怎么回事。”

“你不是听过我父亲讲述的那一段经过吗？”

“那个故事能证明什么？他们失掉了一个和你年龄一样大的孩子，他们正在找他，碰巧找到了一个年龄一样大的。就是这么简单。”

“你应该还记得，有人把他们的孩子偷了后，扔掉的地方是在勃勒得依大街，我恰好是在这条大街上被发现的，再加上孩子的丢失、被扔掉和被发现都是在同一天。”

“为什么同一天就不可能有两个孩子扔在勃勒得依大街上呢？”

雷米的脸色变得苍白起来，全身不停地抖动。

阴　谋

一整天，他们都在这公园里散步和聊天，买了一块面包充做午餐，回到红狮院的时候，已经是日落西山的时候了。

晚饭后，父亲把雷米叫到壁炉前，问他：

“你们在法国是怎样谋生的？”

雷米讲了他和马西亚的卖艺生涯。

“你们从不怕饿死吗？”

“从来没有怕过。我们不但能自己谋生，而且还挣钱买过一头奶牛呢！”马西亚用自豪的口气说。

“看来你们还有点本事，”父亲说，“给我们表演看看，你们都有些什么本事。”

于是，雷米拿起竖琴奏了一曲，马西亚先用小提琴拉了支曲子，又用短号吹了另外一支曲子。

短号赢来了围在他们身边的孩子们的掌声。

“那么卡比呢？”父亲问，“它是什么角色？”

卡比表演了它在节目中的几套把戏，和往常一样，它格外受到在场的“小贵宾”们的欢迎。

“这狗真是棵摇钱树。”父亲说，“我有个建议，不过先要征求马西亚的意见，看看他愿不愿意留在英国和我们一起生活。”

“我愿意和雷米生活在一起。”马西亚回答。

“既然这样，”他说，“那我就来说一说我的建议吧。我们不是有钱人，大家要干活才会有饭吃，所以到了夏天，我们要跑遍英格兰，让孩子们沿着运河推销我的商品，可是，到了冬天，像现在这样，我们就没有什么大生意做了。我的意思是，只要我们还在伦敦，雷米和马西亚就应该到大街小巷去演奏挣钱。”

他们回到大车上。今晚，父亲没有把他们反锁在里面。

从此，雷米和马西亚早出晚归，他们带着卡比在这个区或那个区表演他们的节目。

为了早点看到巴伯兰妈妈的回信，他们每天去邮政总局。也不知扑了多少次空，最后他们终于收到了这封期待已久的复信。

他们迫不及待地打开这封由夏凡侬的本堂神父代写的信。

亲爱的小雷米：

我对你信中告诉我的那些情况感到惊讶和愤怒。

因为按照我那可怜的巴伯兰在勃勒得依大街把你捡回来以后经常说的那些话来看，以及我和那个找你的人交谈的情况看，我认为你父母的财产状况是富裕的，甚至是极其富裕的。因为你当时身上穿的是只有富家婴孩才穿得起的婴儿衣服：一顶精致的花边软帽，领子和袖口都镶着花边的细布内衣；此外，还有法兰绒尿布、白羊毛小袜子、用白毛线结的带着小丝带的小帽子，一件白色法兰绒长袍和一件带着风帽的白色开司米大衣。风帽的衬里是绸的，外面绣着漂亮的花。

最后还得补充一句：这些东西都没有标记。法兰绒尿布和内衣上原来大概都是绣着标记的；按照通常的习惯，标记是绣在衣角上的。但是人们发现在你的内衣上和尿布上，都有一只角被剪掉了，这说明有人耍了手腕，想使调查无法进行。

亲爱的雷米，这就是我要对你说的一切，如果什么时候你需要这些东西的话，你只要写信告诉我，我就会给你寄去的。

再见了，亲爱的孩子，热烈地亲吻你。

读了巴伯兰妈妈的信，雷米觉得有必要跟父亲谈一谈了。那天刚好下了一场冰冷的雨，他们比平日回来得早些。于是，雷米鼓足勇气，在同父亲的谈话中，提出了这个使他很忧虑、苦恼的问题。

他才说了一句话，父亲的眼睛便把他死死地盯住了：

“我们能够把你找回来，靠的就是我们能够清清楚楚地向人说明你被偷走时所穿的小衣服：花边小软帽啦，镶花边的小内衣啦，尿布、法兰绒小长袍、羊毛小袜子、毛线小鞋子、白色开司米绣花连风帽的小大衣啦，等等。我一直对绣在你小内衣上的‘弗·德’这个记号寄予很大的希望，但是这个姓名缩写被偷走你的那个女人剪掉了。我不得不向人出示你的洗礼证书，这证件是我在本堂区的教堂内抄下来的。我出示过以后，人们又把它还给了我，现在仍由我妥善地保存着。”

说完，他用一种在他身上罕见的殷勤在抽屉里翻寻起来，很快找出来一张盖了几枚图章的大纸，把那张纸递给了雷米。

雷米做了最后一次努力，问道：

“如果您同意，就让马西亚给我翻译一下。”

“好。”

马西亚费了好大一番力气，总算把它翻译出来了。那上面写着：

> 雷米生于8月2日，星期四，是帕特里克·德里斯科尔和他妻子玛格丽特·格热朗的儿子。

雷米无话可说。

然而，马西亚并不满足。晚上，当他们回到大车以后，他悄悄地对着雷米的耳朵说：

“话倒是说得天衣无缝。可是，没有任何东西可以解释我的问题：为什么小商贩帕特里克·德里斯科尔和他妻子玛格丽特·格热朗有钱为他的儿子购买花边帽、镶花边的内衣和绣花羊毛大衣呢？小商贩是不会这么阔气的。”

“正因为他们是做买卖的，所以他们买衣服会比别人便宜。”

马西亚摇摇头：“你愿意让我告诉你一个在我脑袋里刚出现的想法吗？你不是德里斯科尔老板的儿子，而是德里斯科尔老板偷来的孩子！”

“假如我不是他们的孩子，德里斯科尔一家为什么要寻找我？他们又为什么要把钱送给巴伯兰、伽雷和格莱斯呢？”

“反正我能感觉出来，你不是德里斯科尔家的孩子。这一点，总有一天会真相大白的。”

“那你要我怎么办？”

“我想我们应该回法国去。”

“那怎么行？”

“那是你对你的家庭所负的责任把你留住了。但是，它要不是你的家庭，你会留下吗？”

还有什么比这更可怕的呢？

雷米不想怀疑，然而，他又不得不怀疑！

“这个父亲真是我的生身父亲吗？这个母亲又真是我的生身母亲吗？谁能告诉我呢？”

虽然雷米内心如此痛苦，他还得每天上街唱歌，为别人演奏欢乐的舞曲，对着观众咧开嘴装出勉强的笑容。

只有星期天，他才是快乐的；因为这一天的伦敦是不许奏乐的。他就利用这一天和马西亚一起带着卡比到外面去散步，随意地让自己沉浸在这深深的愁思之中。

一个星期天，他正要和马西亚出门，父亲把他叫住了。说今天有点事要他干，让他留在家里，打发马西亚一个人去散步了。

大约过了一个钟头，雷米听到有人敲门。父亲自己去开门，一个穿着考究的英国绅士走了进来。

他用英语和父亲说话，不时朝雷米看看。当他们的目光相遇时，他的眼睛立刻就转开了。

几分钟后，他开始说法语，而且说得很流利，几乎不带任何外国音。

“这就是你对我讲过的那个小孩子吗?”他用手指着雷米问，“看起来很健康。”

绅士站起来，走到雷米身边摸了摸他的胳膊，又重新用英语和雷米的父亲谈了起来。过了一会儿，他们两人不是从前门，而是从库房门走了出去。

过了一会儿，父亲回来了。他声称临时有事要出去，要雷米随便到哪儿去玩都行。

天正下着雨，雷米走进大车去拿羊皮坎肩，发现马西亚也在大车里，顿时吃了一惊。雷米正要开口和他说话，他却用手捂住了雷米的嘴，轻声说：

“走，快！拿着竖琴和背包，不要出声！”雷米悄悄地拿起竖琴，背上背包，跟着马西亚，打开后门，走了出去。聪明的卡比也乖乖地听从马西亚的指挥，一声不响地跟出门去。

他们一直跑到大街上，马西亚才停下脚步对雷米说：

“你知道刚才和你父亲说话的人是谁?是阿瑟的叔叔詹姆士·米利根先生。”

雷米一下子愣住了，呆呆地站在大街上一动也不动。马西亚挽住他的胳膊继续说：

“因为今天下雨，其实我没有出去散步，一直躺在床上。你父亲由一位先生陪着，走进了库房，我无意中听见了他们的谈话。先生说：‘算结实，像头牛。换上别人，也早就死了，他只是在肺部得过一点炎症。’我认为他们说的是你，所以用心听着。他们的话题很快就变了，你父亲问：‘您侄儿近来怎么样?’回答是：‘好多了，这一次又叫他逃过了。三个月之前，所有的医生都判了他死刑，但他的宝贝母亲又把他救活了，这回全亏了他母亲护理得好。唉！这个米利根夫人倒还真是个好母亲。’你想想，那还用说吗?一听到这个名字，我就更要仔细地听一听了。你父亲继续说：‘如果您侄子身体好转，那您的那些办法不就全白费了吗?’那先生回答说：‘目前也许是这样，不过我是决不会让阿瑟活下去的。我必须在他死的那一天，不受任何妨碍地收回全部产业，我应该是唯一的继承人，我——詹姆士·米利根。’‘可是米利根夫人现在究竟在哪儿呢?’‘她正坐着“天鹅号”在塞纳河上旅行，现在大概到了蒙特罗附近，我不久就到那里去。’你父亲说：‘请放心，我向您保证，事情将会如愿以偿的。’说完，他就走了。”

听到这些情况，雷米的脸色像蜡一样苍白，他想不到那满嘴狗牙的詹姆士·米利根正密谋要杀害阿瑟。

“雷米，我们必须尽快赶回法国去，如果让詹姆士先到达‘天鹅号’，那就坏啦!”

好事多磨

两个人又踏上了返回法国的路程。

他们经过长途跋涉，终于走到了塞纳河畔。

他们又走了一整天，然后从一条浓荫遮蔽的小路上走出来，来到了一个林木葱茏的山岗上。马西亚突然看见塞纳河就横在他们的面前。浩荡的河水平稳地向远方流去，河面上白帆点点、火轮行驶。火轮上的烟柱升起又散开，竟然飘到他们身边。

“你也相信吧，米利根夫人一定带着她生病的儿子在塞纳河上航行。”马西亚对雷米说。

“问一下山脚下村子里的人，就知道了。”

可打听的结果是：“天鹅号”从未到过拉布依。

无奈他们又开始了新的寻访，他们把希望寄托在从拉布依到鲁昂这段水路上。但是到了埃耳伯夫，还是没有一个人能给他们提供“天鹅号”的去向。到了波兹，那里有船闸，像“天鹅号”这样一艘别致讲究的游船，人们是不该看不见，也不该记不住的，但结果还是一样。

他们没有气馁，一路问一路向前走，沿途还得挣钱填饱肚子。

到了夏郎东，他们终于在马恩河边第一次听到，有人看到过一条船，很像他们描述的“天鹅号”，是游船，还有游廊。

马西亚高兴得忘乎所以，在码头上跳起了舞。突然，他操起提琴，发疯似的拉了支胜利进行曲。

在他又拉又跳的时候，雷米继续向一个很乐意回答问题的水手打听。确实没有必要再怀疑了，它就是“天鹅号”，大概在两个月前，这条船经过夏郎东，向着塞纳河的上游驶去。

没有必要再停下来见人就问了，“天鹅号”就在面前，只要沿着塞纳河往前走就是了。

但是到了莫莱，他们却不得不再次停下来打听这条船的踪迹，因为这里是莱茵河同塞纳河的汇合处。

有人说“天鹅号”还在继续沿着塞纳河航行。

到了蒙特罗，出于同样的原因，他们又一次打听游船的下落。这一次，“天鹅号”不在塞纳河，而是在罗纳河上航行了。它是在两个多月前离开蒙特罗的，有人看见甲板上站着一位英国夫人和一个躺在床上的小孩。

随着追踪“天鹅号”，他们离丽丝也越来越近了。雷米的心跳得很厉害。

他们到达罗纳河和阿芒松河汇合处的时候，听说“天鹅号”继续沿着罗纳河溯流而上。啊！这正是雷米所希望的，因为这样很快就要经过德勒齐，可以看到丽丝了。

自从跟在“天鹅号”后面奔跑以来，他们不再花很多时间去演出了。为了省钱，他们紧缩了开支，每天两人平分一块面包和一个煎鸡蛋。

“我们快走吧，”马西亚说，“再去赶‘天鹅号’。”

雷米也说：“对，我们快走！”

每天晚上，哪怕白天走的路再多，他们也从来没有叫过一声累，反而都同意第二天要早早起床继续赶路。

“别忘了叫醒我啊！”爱睡觉的马西亚常常这样叮嘱雷米。

每到一个船闸，他们总会得到有关“天鹅号”的消息。这条运河上的水上交通并不繁忙，所有的人都看到过这条不同寻常的游船。

他们在逐步向德勒齐靠近，还有两天，还有一天，也许只有几个小时就可以到达了。

雷米终于看见了去年和丽丝一起玩耍过的树林，看见了船闸和卡德

琳娜姑妈的小屋。

他们一言不发，却不约而同地加快了脚步。卡比也认出了这个地方，它蹿到他们前面奔跑起来。

卡比要去告诉丽丝，说他们来了，那么丽丝一定会跑出来迎接他们的。

但是，他们看见从屋里出来的，不是丽丝，而只有卡比。它在拼命地跑，好像后面有人在追赶它一样。

雷米和马西亚立刻停下脚步。

一个男人正在扳动闸门，他不是丽丝的姑父。

他们快步走到小屋前，看见一个他们不认识的女人在厨房里忙着。

“卡德琳娜太太呢?”他们问。

她看了他们一会儿，才说：

“她已经不住在这了。”

“那她在什么地方呢?”

“去埃及了。”

雷米和马西亚相互看了一眼，都愣住了。

“那丽丝呢？您认识丽丝吗?”

“当然认识，她跟一位英国夫人乘船走了。”

丽丝在“天鹅号”上！这不是在做梦吧？

“您就是那个雷米吗?”那个女人突然问。

“是的。”

“我告诉你，苏里奥先生淹死了。”

“淹死了?”

“淹死在船闸里。您当然不会知道，苏里奥掉进了水里，又正好掉在一条开过来的平底船底下。他被一条铁链勾住了，干他这一行是经常出事的。在他淹死以后，卡德琳娜的境遇非常不幸。尽管她是个能干的女人，但又能有什么法子呢？人缺钱用的时候，钱不是一天一夜就能够造出来的。有人劝她去埃及，这是真的，要她到过去她当过奶妈的那户人家去照看孩子，但使她为难的是她的侄女小丽丝。正当她寻思着该怎么办的时候，有天晚上，一位英国夫人带着她生病的儿子来到了船闸。她同我们随便聊天，说她想找一个孩子陪伴她的儿子玩耍，因为她的儿子一个人在船上很无聊。她看中了丽丝，答应好好照顾她，答应治好她的病，还保证将来给她安排一个很好的前途。这是一位好夫人，非常善良，对穷人很体贴。卡德琳娜接受了她的要求，丽丝上了英国夫人的船，卡德琳娜自己就去埃及了。现在是我的丈夫代替了苏里奥的位置。在离开这之前，丽丝还不能讲话，但医生说她将来也许会讲话。丽丝出发前要她姑妈告诉我，如果您来看她，就让我把这里发生的一切都告诉您，事情就是这样的。”

雷米震惊得连一句话都说不出来了。马西亚却不像雷米那样失魂落魄。

“那位夫人去什么地方了呢？”雷米问。

“去法国南方了，也许是去瑞士了。丽丝说要叫人写信给我，好让我把她的地址告诉你，不过我还没收到她的信！”

雷米还在发愣，马西亚替他把该说的话说了：

“我们太谢谢您了，太太。”

随后他轻轻推了雷米一下。

“上路吧！”他说，“前进，现在我们要赶上的不只是阿瑟和米利根夫人两个人了，又加上了一个丽丝。怎么好事全都凑到一起了！我们本来是要在德勒齐耽搁一下的，可现在我们又能继续赶路了，这就叫幸运！该是苦尽甘来的时候了，风向转了，不知还有多少好事在前面等着我们呢！”

他们跟在“天鹅号”后面继续赶路。除了睡觉和不得不挣几个钱吃饭外，其余的时间，他们都一刻不停地在赶路。

尼维尔运河在德西兹流入卢瓦尔河。他们赶到德西兹的时候，听说“天鹅号”已经驶入了侧运河，他们就沿着侧运河赶到第关，又从第关沿着中央运河赶到沙隆，再沿着索恩河南下，一口气从沙隆走到里昂。

经过多方打听，他们终于得到了可靠的消息。米利根夫人去瑞士了。他们便沿罗纳河向瑞士方向赶去。

“到了瑞士也就可以到意大利了。”马西亚说，“看着吧，我们又要交好运了！但愿我们能跟在米利根夫人后面一直跑到卢卡，那可真是要把克里斯蒂娜乐坏了。”

他们走到了西塞尔。这座城市被罗纳河的支流分开，成为了两个部分。河上有一座吊桥。他们走到河边，忽然吃惊地发现停在远处的一条船竟是“天鹅号”！

他们飞快地跑了过去，却发现它变成了一条空船，被缆绳牢牢地系在一道保护栅栏后面，船舱门都关了，游廊上也没了鲜花。

出了什么事？阿瑟呢？他们停下来，心中充满不安。

他们向看守这条船的人打听消息。

“这条船是一位英国夫人的，她有两个孩子，一个瘫痪的男孩子和一个哑巴小姑娘。这一家人现在到瑞士去了。夫人把船留在这里，因为她的船不能从罗纳河再往上游更远的地方去了。夫人带着两个孩子和她的仆人乘敞篷四轮马车先走了，她准备秋天再回船上来，顺着罗纳河到海边，在南方过冬。”

雷米大大松了一口气，心中的不安和恐惧一下子消除了。

“现在这位夫人在哪？”马西亚问。

“听说她要在日内瓦湖边租一座乡间别墅，在韦维那一带吧，确切的地方我不知道，但我想她一定会在那里度过夏天。”

“走，到韦维去！到日内瓦去买张瑞士地图，就能找到那个地方了。现在已用不着再追‘天鹅号’了，米利根夫人如果真在她的乡间别墅度夏，那我们一定可以找到她。”

离开西塞尔以后，他们在韦维郊外数不尽的别墅间开始寻找。这些别墅从水色湛蓝的日内瓦湖畔的平地上一直到绿草如茵、林木覆盖的山坡上。层层叠叠，样式都是那么的优雅别致。米利根夫人现在带着阿瑟和丽丝就住在其中的一座别墅内，地方总算找到了，但他们的口袋里只剩下三个苏，鞋底也跑掉了。

韦维是一座大城市，要想打听一位由一个生病的儿子和一个哑巴女孩陪伴着的英国夫人，可不是一件容易的事。

整整一天，他们跑遍了整个韦维，可仍然没有发现米利根夫人的踪影。

第二天，他们在韦维的近郊继续寻找。一直向前走，哪条路看起来合适，就去哪条路；哪幢房子的外表漂亮，他们就到这幢房子的窗子跟前去演奏，甚至顾不上看看窗户是开着的还是关着的。然而到了晚上，他们还是和昨天一样，扫兴而归。

这天下午，他们在街心演出节目。面前有一排栅栏，他们对着它放声歌唱，完全没有注意到背后还有一堵墙。当雷米声嘶力竭地唱完了那不勒斯歌曲的第一段，正要唱第二段的时候，听见有人在他们背后，在墙的那一边，用一种奇特而微弱的声音唱道：

“啊，如果您是白雪，

白雪虽冰冷，却还能饮吞。”

“这是谁的声音？”雷米惊呆了。

“是阿瑟吗？”马西亚问。

“不是，这不是阿瑟。”这时，卡比叫了起来，它蹿到墙脚下面，拼力地往上扑，一个劲地往上跳，显出高兴得发狂的样子。

雷米也已无法抑制心中的激动，大喊道：“是谁在唱歌？”

一个声音在问：

“是雷米吗？”

雷米和马西亚一下子愣住了，面面相觑地对视着。

这时，在墙的尽头处，一排不太高的篱笆上面，有一块白手绢在挥动。

雷米和马西亚连忙跑了过去，仔细一看，原来是丽丝！

他们终于找到了丽丝。找到了丽丝，就一定能够找到米利根夫人和阿瑟。

“刚才是谁在唱歌？”雷米和马西亚喘着气问。

“是我啊。”丽丝说。

什么？丽丝会唱歌了！丽丝能说话了！

这怎能不叫雷米异常激动呢！

以前医生曾经说过，像丽丝这样受到强烈刺激后突然失声的人，如果能再受到一次强烈的感情震动以后，就有可能再次开口说话。虽然大家都认为这是不太可能的，可它居然发生了。

雷米无法抑制自己的感情，他紧紧抓住篱笆，以期站稳身子。

“米利根夫人在哪？阿瑟在哪？”雷米迫不及待地问道。

丽丝翕动着嘴想说什么，但她嘴里吐出来的都是一些含糊不清的声音，于是她着急地用手语来解释。

正在这时，雷米突然看见在花园远处的林荫道，一个人推着一辆长长的小车，车里躺着的是阿瑟，米利根夫人跟在后面。雷米紧贴篱笆，把身子探了出来，想看得更清楚些，啊！是詹姆士·米利根先生！雷米连忙缩回到篱笆后面，叫马西亚也弯下腰来。他压低声音对丽丝说：

“不要让詹姆士·米利根先生发现我们，他会把我们送回英国去的。”

丽丝愣住了。

“不要动，”雷米继续说，“也不要对任何人提起我们。明天早上9点钟，我们再到这集合，你设法一个人出来。现在快走吧！”

她还在犹豫着。

“快走吧！我求求你啦！要不然，你就再也见不到我了。”雷米敦促着。

雷米和马西亚立刻躲到墙脚下，然后快步跑到葡萄园里藏了起来，商量下一步办法。

“我觉得应该改变一下我们的计划。在这段时间里，詹姆士·米利根先生可能就会害死阿瑟。我们立即去见米利根夫人，告诉她我们所知道的一切。米利根先生没有见过我，我去不会有任何问题的。我想让米利根夫人决定我们该怎么做。”马西亚建议道。

于是，马西亚去了。雷米躺在苔藓上，等了好长时间不见他回来，有点着急，担心马西亚会把事情弄出岔头了。

又过了很长时间，他终于看见马西亚陪着米利根夫人一起来了。

雷米立刻跑到她面前，抓住她的手吻了又吻。米利根夫人把雷米搂在怀里，充满温柔、怜爱地吻着他的额头。

“我可怜的孩子！”她目不转睛地看着雷米。

“我的孩子，你的同伴向我讲了一件非常严重的事情。请你再给我讲讲有关你在德里斯科尔家里的情况和米利根先生去访问时的情况吧。”

雷米把她关心的事情前前后后都讲了一遍。

米利根夫人听后一言不发，只是用眼睛看着雷米。半天她才说：

“这一切，对于你、对我们大家，都是非常严重的事情。我们只有在听取了有资格、有能力的人的建议后，才能小心谨慎地采取行动。直到现在，你仍应该把自己看做是阿瑟的一个伙伴，一个朋友，”这时，她犹豫了一下，但又很快接着说，“看做是阿瑟的一个兄弟。从今天起，你和你的朋友，你们应该结束苦难的生活了。两个钟头后，你们到德里特的阿尔卑斯旅馆去，我会先派一个可靠的人到那里去给你们定好房间，我们明天就在那里会面。现在我不得不先离开。”

她又一次吻了雷米，又和马西亚握过手，便匆忙地离开了。

“你都跟米利根夫人说了些什么？”雷米问马西亚。

“就是她刚刚对你说的那些，还有些别的。她是多好的夫人，多漂亮的夫人啊！”

“阿瑟呢？你看见他了吗？”

“只是从远处看了看，但看得出来，他是个好小伙子。”

雷米又问马西亚，他对夫人到底怎么说的，说了些什么，可他总是躲躲闪闪，避而不答。两个小时后，雷米和马西亚向阿尔卑斯旅馆走去。

在旅馆门口，一个穿黑色套服、系白色领带的侍者接待了他们，把他们带进了已经预定好的房间里。房间里有两张白色的床，窗户面朝一条向外伸出的、下临湖面的游廊上，从那里可以饱览最美的湖光山色。当他们从游廊的窗口返回房间时，侍者还在原地一动不动地站着等候吩咐。

第二天，米利根夫人来看他们，并带来了两个服装师为他们订做衣服。

她对雷米说，丽丝在继续学说话，医生认为她的病已经好了。夫人和他们在一起待了一个小时，临走的时候，她亲切地吻了雷米。

一连四天，她天天都来，对雷米也越来越亲热、温柔。但似乎有一

种什么东西使她很为难，很不自在，好像她不愿意沉浸在这种深切的感情之中，也不愿意让这种感情流露出来似的。

第五天，夫人自己没有来，来的却是雷米以前在“天鹅号”上见过的她的贴身女仆。她对雷米说，米利根夫人正在家里等候他们。

在旅馆门口停着一辆四轮敞篷马车，女仆谦恭地让雷米走在前面，上了马车。马西亚不动声色，神气十足地坐了进去，好像他从小就坐惯了这种马车似的，卡比也无拘无束地爬了上去。一路上，雷米就好像在梦幻中一样，脑子里充满了稀奇古怪的念头。

路程很短，一会儿就到了。

他们被让进了一间客厅，看见米利根夫人坐在客厅里，阿瑟坐在沙发上，丽丝也在客厅里。

阿瑟向雷米伸出了双臂，雷米跑过去亲他，又亲了丽丝。米利根夫人向雷米走来，热烈地拥抱雷米，亲吻他。

“这一时刻终于来了。”她对雷米说，“你可以重新获得属于你的位置了。”

雷米不眨眼地望着她，想从她脸上寻求这句话的含义。她打开了一扇门，雷米看见巴伯兰妈妈走了出来！怀里抱着一堆婴儿的衣裳：一件白色开司米线衣，一顶花边软帽，一双针织毛袜。

她刚把这堆东西放在桌子上，雷米就上前把她抱住了。

这时，米利根夫人向仆人下了一道命令，一听到詹姆士·米利根先生的名字，雷米顿时脸色都吓白了。

“你不用害怕，”米利根夫人温柔地对雷米说，“请到我身边来，把你的手放在我的手里。”

客厅的门开了，詹姆士·米利根先生走了进来。他满脸微笑，露出尖利的牙齿，但一看见雷米，笑脸立刻变成一副可怕的怪相。

米利根夫人不等他开口，就先说：

“我叫你来，”她声音很慢，稍微有些颤抖，“是为了向你介绍我的长子，我终于幸运地找到了他。”她紧紧握着雷米的手，“他就在这里。既然在偷走他的人家里，你为了了解他的健康状况而仔细看过他，那你肯定已经认识他了。”

“你这是什么意思?”詹姆士·米利根先生问道，他的脸变色了。

“这个人，因为在教堂里偷东西，被警察抓住了，他供出了所有的事情。这里有封信，就是他的证明。他把怎样偷走这个孩子，怎样把他扔在巴黎勃勒得依大街上，以及最后为了不被人发现这个孩子，又怎样小心地剪掉了孩子内衣上的标记，都坦白了。这里还保存有孩子的内衣，一直由这位慷慨抚养了我儿子的善良女人保管着。你要不要看看这些信?看看这些衣服?”

詹姆士·米利根先生怔了片刻，然后朝门口走去。突然，他转过身来说：

“咱们走着瞧吧！让法庭来判断这桩冒领孩子的诈骗案。”

米利根夫人，也就是雷米的母亲不慌不忙地说：

“您可以向法庭起诉，我却不想去法庭告发那个作为我丈夫兄弟的人。”

门在詹姆士·米利根的身后关上了，雷米终于投进了母亲的怀抱。

马西亚走过来对雷米说：

“请你告诉你妈妈，我做到了她要我保守的秘密。”

“那么你对这些事是早都知道的啦?”雷米问。

米利根夫人替他回答道：

“当马西亚向我讲述事情的缘由时，我嘱咐他不要声张。因为，如果认定可怜的小雷米就是我的儿子，那就应该有确凿的证据。要是我错把你当做我的儿子，拥抱了你，到头来又对你说‘对不起，我弄错了，亲爱的孩子’，那你该经受多大的痛苦啊！现今这些证据我都有了，从现在起，我们将会永远在一起。你将永远和你的母亲、你的弟弟，还有，”她指了指丽丝和马西亚，“你在不幸中爱过的人们一起生活。”

结局

日月如梭，转眼间几年过去了。

一个在童年时代被人偷走、被人遗弃的无依无靠的弃儿，一个曾不断地被命运捉弄、颠沛流离、死里逃生的穷孩子，今天不仅恢复了自己的姓氏，还继承了一大笔财产。

雷米一家：母亲、弟弟和他自己，住在被称做爵府花园的米利根大庄园的古堡。

丽丝已是雷米的妻子，米利根夫人的教育，加上医生的精心治疗，她已经可以完全没有障碍地说话了。

雷米的弟弟阿瑟，也在米利根夫人耐心的看护下，长成了一个健康英俊的小伙子，还读完了大学。后来，他和马西亚的妹妹克里斯蒂娜结了婚。

今天，是雷米的儿子小马西亚领洗的日子。雷米邀请他在儿时不幸的年月里所有帮助过他的朋友，来古堡欢聚。

善良的巴伯兰妈妈抱着小马西亚，站在雷米身后，眼睛乐成了一条缝。一年前，她被雷米接到家里，让她在这里安享晚年。

花匠阿根老爹在雷米的帮助下，还清了全部债务，还买下了他家附近的一所房子，成为巴黎城郊规模最大的花园。他的大儿子亚历克西，一面在特鲁耶尔煤矿工作，一面努力自修，现在已成为一名技师。小儿子邦雅曼，在他的伯父家里，帮助种花，同时研究花草栽培，已成为花草栽培专家。今天，他们都来了，与他们一同前来的，还有丽丝的姑妈卡德琳娜、姐姐艾蒂奈特。姐姐后来嫁给了一位商人。

音乐天赋极高的马西亚，由于雷米的帮助，已成为著名的小提琴家。今天，他是和他的妹妹克里斯蒂娜一起来的。

在古堡前，新矗立起一座老人的半身塑像，那是雷米为怀念他的师傅维泰利斯而塑造的。今天他虽然不能来参加这个聚会，但每一位来古堡的客人，都要在铜像前站立片刻，默默地为这位故去的老人祈祷。

愉快的晚宴开始了，所有的人都围在一张餐桌旁谈论着往事。马西亚走到雷米的身边，把雷米拉到窗前。

“我有个主意，”他说，“我们过去经常为那些毫不相干的人演奏，现在真该好好地为我们热爱的人演奏一曲啦!”

“你真是个只想着音乐的人，你还记得那次把牛吓跑的事吗?”

“难道你不想演奏你那支那不勒斯曲子吗?”

“当然非常愿意，正是那支曲子使丽丝恢复了说话的能力啊。”

在他们各自准备乐器的时候，一只狗，一只鬈毛狗——卡比出场了。卡比已经老了，耳朵也聋了，但视力一直都还不错。它认出了竖琴，便蹒跚地走了过来，嘴里叼着一只放茶杯的托盘。它想站起来用后腿绕着“贵宾”们走一圈，但已力不从心了，只好蹲下来，一只爪子放在胸前，向“贵宾”们深鞠一躬。

雷米和马西亚刚刚演奏完，卡比就勉强地站起来，开始“募捐”。每个人都把“捐款”放在它叼着的托盘里，卡比获得了一笔令人惊叹的收入，这是它从未得到过的最可观的表演收入，那是一些金币和银币，共有一百七十法郎。

雷米恭恭敬敬地向大家鞠了一躬，又和他母亲商量了一下，然后对大家说：

“这笔收入将作为我们大家为帮助流浪小乐师而建筑躲避风雨的房屋的第一笔款项，余下的将由我和我的母亲支付。”

“亲爱的夫人，”马西亚吻着米利根夫人的手说，“请求您让我在您的事业中也尽一份小小的力量。如果您乐意接受的话，我将把我在伦敦举

办的第一场音乐会的收入，加进卡比的收入之中。”

大家齐声鼓掌，卡比也跟着“汪汪”地叫着。

屋中充满欢乐的气氛，幸福的笑容在每个人的脸上洋溢着。

送人玫瑰，手留余香；

爱心阅读，从心开始

……